# ゆるい生活

群ようこ

朝日新聞出版

# ゆるい生活

それは突然やってきた。忘れもしない二〇〇八年の十一月、いつものように、朝、目が覚めてベッドの上で体を起こしたとたん、くるくるっと軽く目がまわった。おかしいなと思いつつ、ベッドから降りて、トイレに行こうとすると、ちょっとふらつく感じがする。変だわ、変だわと思いつつも、トイレに行きたいと思えば行けるし、歩こうと思えば歩ける。しかしうつむいたり、急に振り返ったり、勢いよく体勢を変えたりすると、くるくるっとなった。

子供の頃から、私は回転系のものには弱かった。遊園地のコーヒーカップも気持ちが悪くなるし、ブランコもいまひとつ好きになれなかった。不思議と地震は平気なのだけれど、船も含めて揺れるもの全般が苦手なのだ。年齢も年齢だし、そういう症状が出てきて、

「とうとう来たか」

と覚悟した。五十代も半ばになって、何があってもおかしくない年齢だ。少し様子を見ようと、鶏レバーを食べてみたり、編み物や和裁も中断して、するのは仕事のみにし

てみた。外に買い物に行くときも、ちゃんと歩けるので問題はない。日常生活は普通にできるのだが、ちょっと体勢を変えたときの、くるくるが鬱陶《うっとう》しい。食事も食べられるし、仕事もできるのだけれど、不快な日が続いた。

四日経っても症状が改善されないので、これは本格的にまずいと感じた私は、友だちが長年通っている漢方薬局を紹介してもらった。たまたますぐに予約が取れて、

（入院加療が必要な病気だったら、仕事はどうしよう）

などと考えながら電車に乗り、今後の段取りばかりを考えていた。

薬局を経営しているのは三十代半ばに見える女性だった。先生は私の症状をたずね、うなずきながら座っている私の体をスキャンするように眺め、

「大丈夫。病気じゃないから治ります」

病気じゃないといわれた私は、ほっとした。これで今後の仕事については、考える必要はなくなった。しかし病気じゃないとなったら、いったい何なのだ。

「体が冷えていて、余分な水分が溜まっていますね。代謝《たいしゃ》が落ちているから、それを外に排出できてないんです。胃が弱いのに過食気味になったりしてませんか。食物も最後には水分になるので、お茶や水だけではなく、気がつかないうちに過剰に水分を摂っているんですよ」

たしかに私は食べ過ぎを自覚していた。めまいがした前夜も、鮨《すし》を食べた後、ちょっと物足りなかったので、焼きビーフンを半人前作って食べてしまった。そして最近、顔

がたるんできたのも自覚していた。

「胃を温めると根本的に体質が改善されますが、どれを優先的に治したいですか」

「とにかくめまいが嫌です。仕事もできるんですが、動いているときよりも、座っているときに、ちょっと気持ちが悪いんです。編み物をしようとうつむいても、ぐるぐるしてくるし……」

そう私は訴えた。

「わかりました」

先生は座っている私を見て、

「甘い物が好きですねえ」

とため息をついた。その通りだった。仕事をしながら甘い物を食べない日など、ほとんどなかった。脳には甘い物が必要というのを口実に、必ず紅茶か日本茶、チョコレート、和菓子を傍らに置いていた。仕事が詰まっているときなど、それなりの大きさのまんじゅうを六個食べた日もある。

「甘い物は体を冷やすから、食べ過ぎるのはよくないんですよ。水を取り込む性質があるので。砂糖を置いておくと、べたべたになってくるでしょう。あれは空気中の水分を取り込むんですね。それが体内でも起こるので、水が滞りがちな体質の人は、まったく摂らないのもいけないですが、できるだけ少なくしたほうがいいです」

私がまんじゅう六個やチョコレートの話を白状すると、

「あなたのような水はけが悪い体質で、それは論外です」

といわれた。

「それではリンパの流れをよくしますね。滞っている物を流します」

先生は首筋にタオルをあてがい、その上から圧《お》しはじめた。

「ぎえええええーっ」

激痛が首筋に走った。

「いたたたたたーっ」

泣きそうになりながら、頭の片隅で、今までにこんな痛みを経験しただろうかと、脳内の記憶を必死にたぐっていくと、歯医者で神経に触られたときの痛みと同じだった。

「痛いときは痛いっていってくださいね。我慢すると体がこわばって、体内に溜《た》まってよくないですから」

そういわれたので、遠慮なく、

「いたたたたたーっ」

と思いっきり叫んだ。ものすごい力でぐいぐいと圧しまくっているのではなく、きっちりとツボに入るので、痛いのだそうだ。

「男性で泣く人もいますからねえ。老廃物が溜まっていると、本当に痛いらしいですね」

首筋を圧しながら、淡々と話す先生が憎たらしくなってきた。

やっと左側が終わり、右側に移るともっと痛かった。なんでこんな目にとつぶやきながら、じっと耐えていると、先生が私のデコルテ部分に手を伸ばした。

「私、鳩胸《はとむね》なんです」

先生は首をぶんぶんと横に振り、

「鳩胸じゃありません。ここの肋骨《ろっこつ》の上に盛り上がってくっついているものは、全部、老廃物ですよ」

彼女は両脇のリンパに向かって、肋骨をさすりはじめたのだが、またこれが痛いのなんの。どこをマッサージされても、とてつもなく痛いのであった。

「どうしてこれがいけないかというと、呼吸が浅くなるからなんです。肋骨の上にいらないものが溜まっていると、呼吸のときに肋骨がゆったりと広がらないのが、よくないんです。今までの蓄積があるから、すぐにはなくならないけれど、これは取らないといけません。ここにこんなに溜まっていると、肩胛骨《けんこうこつ》も相当、固まっていますね。座業《ざぎょう》なのでどうしても前屈みになるでしょう。そうなるとどうしても背中や胸に老廃物が溜まりやすくなるんですよ」

何かが引き裂かれるような痛みを延々と感じながら、私は、

「いたたたー、いたたたたたーっ」

と叫び続けていた。

私のいちばんの問題は胃だった。胃から上に熱が溜まり、体中に熱が巡らず、胃から下が冷えている。胃が余分な熱を持つと食欲が出て、過食になってしまうという。甘い

物の食べ過ぎ、温かいものであっても、控えたほうがいい水分の摂りすぎ。ほとんど肉類を食べず、野菜ばかりの食生活だったので、体を温めるエネルギーの不足。代謝の低下。

「胃が冷えると余分な水分が上に上がりやすいんです。人間の体は皮袋ですから、その中のそこかしこに余分な水分は溜まるんですね。重力があるから下半身がむくむのはわかりますが、それが上半身にまで及ぶのは、どれだけその人にふさわしくない分量の水分が溜まっているかという証拠ですね。その余分な水分が頭のほうまで上がって、めまいを起こしたんです」

聞いていて恐ろしくなってきた。私の体は余分な水だらけだった。一人暮らしをはじめてから三十年以上、それなりに食事には気をつけていた。若い頃から夏場でも氷が入った飲料は飲まなかったし、自分なりに注意しているつもりだったが、それでも体にはよくないことをやらかしていたのだ。

その年の六月に母親が脳内出血で倒れた。梅雨《つゆ》時から夏場にかけて、仕事をしながらその合間に、往復三時間以上かけて病院に行く日が続いたが、そのときの楽しみが、晩ご飯の後、フルーツが入った氷菓《ひょうか》を食べることだった。抹茶のソースがかかっていて、とてつもなく美味だった。一度に二個食べた夜もあった。それが冷蔵庫にないと不安で、いつも同じ店で購入すると恥ずかしいので、売っている店を四店ほど見つけて、家族の分も一緒に買っているふりをして、一店につき四個ずつ買っていた。またちょうどエコ

の本を読んだ直後で、

「私も無駄に水を使ってはいけない」

と心に決めて、湯船に入らず、ずっとシャワーのみで過ごしていた。それを先生に話すと、静かに、

「それはいけません」

と諭された。

先生は私に対して薬の処方の説明をした。

「めまいを治したいのでしたら、まず上半身の水分を抜く煎じ薬を出します。それと同時に、胃を温めて上半身の余分な水を抜く煎じ薬も服用したほうがいいです。とにかく胃を温めなくてはいけないので、二週間は薬を効かせるために、甘い物は厳禁ですよ。シャワーはよけいに体を冷やすので、必ず湯船につかって、体に溜まった余分な汗を出してください。それと体を温めるためには肉も必要なので、鶏肉を毎日、食べてください」

「あのう、これまでもささみは、一回に一本は食べていたのですが」

これ以上太るのが嫌だったので、食べてもその程度に抑えていた。

「うちのチワワでも一本以上食べてますよ。それは少なすぎます。そうですね。一日に百グラムでいいと思います」

私の食べていた量が、チワワよりも少なかったと知って、ちょっとショックだった。

先生が調剤してくれたのは「苓桂朮甘湯《りょうけいじゅつかんとう》」と「人参湯《にんじんとう》」だった。まず軽い薬で様子を見るという。五〇〇ccの水で半量以下に煎じ、これが一日分なので、一回に飲む量はその三分の一ほどだ。漢方薬というと、土瓶で延々と煎じて、飲むのもコップ一杯というイメージがあるが、それは中国の方法で、日本の漢方は量が少ないというのもはじめて知った。

一時間はあっという間に過ぎ、次回の予約をして私は外に出た。体がぽかぽかしている。激痛は伴うものの、あのリンパマッサージのおかげだろう。幸い私は、これまで何の病気もせずにやってきたが、さすがに五十代半ばになって、体も音《ね》を上げたようだ。夏場、あのような生活をして、冷たいお菓子を食べまくっていたら、体がおかしくなるのは当たり前なのだ。それがわからなかった自分がとても情けない。

気持ちは若いつもりだったが、体は確実に歳を取っている。めまいは不快な症状だが、幸い寝込むようなものではなく、日常生活はできる。

「この程度で済んだのは運がよかったのかもしれない。体が教えてくれたのだから、これからは体のいうことを聞いて、もうちょっと自分の体を思いやってやろう」

初体験の和漢が、これからどうなるのか、ちゃんと症状は改善されるのだろうかと、不安と期待が入り交じっていた。

先生からは、薬を煎じるには、アルミ以外の鍋を使って、蓋はしないようにといわれている。うちは調理用具が少なく、余っている鍋がないので、帰りにスーパーマーケットをのぞいてみたら、まるで私が買いに来るのを待っていたかのような、琺瑯《ほうろう》で内側に目盛りがついたミルクパンがあった。大喜びで購入して、家に帰ってふだんよりもやや少なめの夕食を食べた後、早速、薬を煎じてみた。

一週間分の七袋に分包《ぶんぽう》された、紙製の薬袋の中には、見た目は細いゴボウが輪切りになったみたいなオタネニンジンや、ちょっとカビが生えているように見える小さな塊《かたまり》があった。他はほとんど木《こ》っ端《ぱ》である。しかしそれらはみんな立派な生薬《しょうやく》なのだ。

「こんなものが体に効くなんて不思議だ」

自分たちの身の回りに生えている植物に、いろいろな薬効があると見極めた先人たちは、なんてすばらしいのだろうかと、感嘆せざるをえない。

まず鍋に一日分の目安になる水を入れて、出来上がりの目安をつけたところで、例の「ゴボウ」と木っ端で作られた「人参湯」を鍋に入れ、指定の分量の水を投入して火にかける。ぐらぐらと沸騰させてはいけない。そのうち、うっすらと薬の香りが漂ってくる。少量なので部屋中が薬臭くなることもなく、ほんのり香る程度だ。

「こんなものか」

適当に時間を見計らって、鍋の中の生薬を茶こしですくいとってみると、目標の分量まで煮詰まっていなかった。そしてまた茶こしの中の生薬を戻して煎じ続ける。微妙な分量の調整なので、まだか、まだかと何度も鍋の中を確認しなくてはならない。

「こんな感じでいいような気がする」

すべては勘なのであるが、ゴボウや木っ端を取り除いてみると、ちょうど目盛りから一センチ下になり、やっと薬が出来上がった。かかった時間は十五分くらいだった。苦いのかしら、まずいのかしらと、おそるおそる薬を飲んでみると、ほの甘く、生姜《しょうが》（乾《かん》姜《きょう》）の風味もあり、飲みやすくておいしい。少量ではなく、がぶっと飲みたくなるほどだ。

鍋を洗って次は「苓桂朮甘湯」の煎じである。飲んでみるとこちらもおいしくて飲みやすい。これで体調がよくなるのならありがたい。しかし根本的に私の生活習慣を変えないと、体は治らない。これから二週間は甘い物は厳禁と先生からいい渡されている。それはちょっと悲しいが、それらの食べ過ぎで、体調が悪くなったのだから、元に戻すためには仕方がない。そしてシャワーもやめて、半身浴に変えた。久しぶりに湯船につかった気がする。いつになったら治るのかわからないが、これまでの生活を修正しつつ、なんとかやっていこうと、ぼーっとしながら考えた。

翌朝、目を覚ましてベッドから出ようとすると、またくるっときた。

「そんなにすぐには治るわけないよね」

私はちょっとがっかりしながらトイレに行き、用を足してぼーっとしていた。これまでと特に変わったことはない。相変わらず時折くるっとなるのは同じである。動いているときは何ともないが、振り返ったり、上を向いたり、ちょっと下を向くと辛い。なのでパソコンの画面を見ているのはまだいいのだが、本を机の上に置いて読むのはきついので、小学一年生のように、テーブルの上に本を立てて読むしかない。和裁も編み物も下を向く作業なので、しばらくお休みである。

「まあ、仕方ないよね」

めまいはこれまで自分がやってきた、数々のよろしくない行動の結果である。若い頃は毎日甘い物を食べても、下を向けないくらいに腹一杯食べても、何とか修復できたが、そうはできない年齢になったのだ。といっても基本的におめでたい性格で、落ち込むタイプではないので、

「わかってよかったじゃないか。これからいくらでも生活習慣は直せるし、体調が悪いのも先生の指示に従っていけば、これからよくなるばかりなのだから、我慢するべきところは我慢して、明るい気持ちでやっていこう」と考えた。

しかし実際のところ、甘い物を制限されるのは辛かった。いつからか仕事をしながら

のおやつが定番となり、ストレートの紅茶と和菓子を並べて、夕方まで仕事をするようになっていた。夜は仕事をしないので、私は夜型の人よりも、正しい生活をしているという考えが甘かった。多々、反省するばかりである。仕事をしていても、何か足りない気がする。そちらのほうが気になってしまい、仕事に集中できない。

「いかん、いかん」

立ち上がって手を回したりするが、つい頭を動かすと、くるくるっとする。

「ああ、いかん、いかん」

それで歩けないとか、仕事ができないというわけではなく、それで収まってしまうのであるが、やっぱり不快な気分には変わりはない。ここで甘い物を食べてしまっては、元の木阿弥《もくあみ》だし、何のために保険のきかない、手間もかかる漢方薬を飲んでいるのかわからない。私は仕事の期日はきちんと守るけれど、プライベートはぐずぐずなのである。明日は部屋の片付けをしようと心に決めても、当日になると面倒くさくなって、「ま、いいか」とやめてしまう。そしてそれがずーっと続いているものだから、部屋がぴしっと片付いたためしがない。おまけに下を向くとめまいがするようなこんな状態では、ふだんにも増して掃除も片付けもやる気が起きず、仕事以外のすべてが、

「ま、いいか」

になってしまった。

しかし先生から禁じられた事柄は守らなくてはならない。それまでぐずぐずになった

ら、まさしく人間失格である。私が禁を破って、ばくばくと和菓子を食べてしまっても、誰にも迷惑をかけるわけではないが、私の体調が今より悪くなるのは嫌なのだ。私はもともと料理には砂糖を使わないので、甘い物はおやつだけである。そのおやつの楽しみがなくなり、私は毎日、

「ま、まんじゅうが、た、食べたい……」

と禁断症状に悶絶《もんぜつ》しながら、一週間後、また薬局を訪れた。

先生はリンパマッサージの前に、椅子に座った私の肩に両手を置いたとたん、

「甘い物、食べてないですね。立派、立派」

と褒めてくれた。

「えっ、わかるんですか」

「それはわかりますよ。前と全然違うもの」

なかには体に触ったとき、明らかに禁止したものを食べているのがわかるのに、

「絶対に食べてません」

といいはる人がいるのだそうだ。

「それじゃあ、あなたのその体は何なんですかっていいたくなるときもあるんですよ」

先生は苦笑いをしていた。自分ではまったくわからないし、相変わらずくるっとするのは続いていると訴えると、

「今までずっとそういった習慣がついていたから、そう簡単にはニュートラルな状態に

は戻りませんけど、大丈夫ですよ」

と先生は穏やかに話しながら、マッサージをはじめた。あれだけ和菓子を我慢して、禁断症状に身悶《みもだ》えしたというのに、

「いたー、いたたたたー」

と断末魔の叫びは変わらない。ただ先週と違うのは、マッサージの間中、両手からじわじわと汗がしみ出てきた。先生が首筋を圧すたびに、じわっ、じわっとしみ出してくる。体が水を含んだスポンジになったようだ。

「余分な水分が、少しずつ出ていっているからいいことですね」

先生は淡々としているが、こっちは絶叫しながら、バッグから手ぬぐいを出した。それを両手でぐっと握っていないと、テーブルの上が汗で濡れてしまうほどだった。冬場にどんなに暖房が利いた部屋にいても、こんなに手から汗が出た覚えはなかった。その次は私が鳩胸と勘違いしていた、胸板部分の老廃物を両脇のリンパに向かって流すマッサージであるが、相変わらずこれも痛い。どこをどうやられても、痛いのである。今度はおでこからも汗が出てきて、絶叫とともに必死に汗をぬぐっていた。

「はい、今日はこれで終わりです」

「ありがとうございました」

私は先生にお礼をいいながら、根本的にはまったく違うけれど、この痛さは、

「今日はこんくらいにしといたろか」

と、ぼこぼこにされた経験をしたような気分になった。しかしマッサージ後は痛みがなく、体がとても軽くなって、温まっている。

「冷暖房が完備されて、汗をかく習慣が少なくなったから、どうしても体に水が溜まるんですよね。そういう人の汗は、老廃物を含んでいるので臭いんです。そうなると本人も気持ちが悪いから、よけいに汗をかかないように体を動かさなくなって、また体に水が溜まっていく悪循環なんですね。それでも汗をかく習慣を続けると、最初はべたべたしていても、そのうち汗がさらっとしてくるんです。そこまでいけばいいんですけどね」

そういえば私の知り合いが、それまでまったく運動などしたことがないのに、ふと思い立って長距離を走る練習をはじめたら、最初は汗がべたついて気持ちが悪く、

「私って、なんて臭いのかしら」

とびっくりしたのだそうだ。しかし走るほうが楽しかったので続けているうちに、汗がさらさらになったといっていた。きっと彼女も汗をかくことによって、体の奥に溜まっていた老廃物が流れ出ていったのだろう。

「水分はどれくらい摂っていますか」

今までは何も考えず、欲するままに水分を摂っていたが、量を考えてみると、軽い朝食後に紅茶を二杯、昼食の後は、仕事をしながら、甘い物と一緒に紅茶を二、三杯は飲んでいた。夕食後には水分を摂らないけれど、寝る前の風呂上がりやシャワーの後には水を一杯飲んでいた。

「あなたの体質では多過ぎですね」

先生は首を横に振った。

「風呂上がりに水を飲むのはやめてください。夜中、トイレに行くために起きませんか」

ここ二、三年、夜中にトイレに行くようになっていた。中高年になったら当たり前らしいので、私は疑問に思っていなかった。

「それは体が冷えている証拠なんです。せっかく体が温まっているのを、水を飲んで内臓を冷やすなんてもったいない。体が温まれば夜中にトイレに行かなくなりますよ」

先生の話だと、世の中で一日に水を一リットルから二リットル飲めなどと、推奨しているのとは反対だ。

「きちんと水分を排出できる人はいいけれど、そういう人は少ないから」

先生の薬局では、ハトムギ、ドクダミに、ほんのちょっとだけ、色づけ程度にウーロン茶を加えた自家製のお茶を、小ぶりの茶碗で出してくれる。

「私は家で飲むのもこのお茶だけです。飲んでも六杯までかなあ。おつきあいでお酒も飲むけれど、後でちゃんと対処しています。すべてを我慢するのは無理ですからね」

中高年になったら欲望にまかせて、むやみに飲食するのは慎んだほうがいい。よろしくない習慣は何とかしないと、後々大事に至ると、私はあらためて悟ったのだった。

先生には、私のめまいについて、「病気ではない」といわれているが、年齢的には更年期どっぷりど真ん中なので、

「これも更年期障害なんでしょうか」

と聞いてみた。

「うーん、体に水が溜まったり、胃が冷えたのが原因で、めまいを起こすのは男性でもありますから、更年期が直接の原因というわけではないと思いますよ。ただ代謝は明らかに落ちているので、その点では年齢は関係あるでしょうね。何らかのスイッチが入って、体にとってよくない習慣が、拒否されたということじゃないのかなあ」

体が嫌がっているのに気づかなかったわけである。

「症状が体の表面に出れば、誰だって気づくし、何とかしなくちゃと思うでしょう。不快かもしれないけど、逆にそういった症状が出てよかったんですよ」

そう思わないと、うつむいたり、上を向いたり、体の向きを変えたときに、くるっとするめまいや、あのめっちゃくちゃ痛いリンパマッサージには耐えられない。

これまで私の体は、

「甘い物は、いやー。それ食べるとどんどん水が溜まって冷えちゃうし。食事もたくさん食べると、消化するのが大変なのに。ああ、またチョコレートなんか食べてる。昨日も食べたばかりじゃないの。甘いのと脂の塊だから、すっごくきついんだけど」

と文句をいっていたのに、その声は私には聞こえていなかった。実は聞こえていたのだけれど、聞こえないふりをしていたというほうが正しい。仕事をする前に近所の自家製の和菓子を売っている店で、大福餅などを買い、キーボードを打ちながら、ばくばくと食べていた。外出するとそのついでに高級チョコレートを購入し、

「やっぱりおいしい」

とうっとりしながら食べていた。食欲が落ちるということがないので、

「あたしって、元気なのね」

と欲するままに食べていた。その結果がこの有様だ。世の中にはもっと大変な体調をかかえて暮らさなくてはならない人もたくさんいるから、不快な体調であっても、日常生活が普通にできるのは幸せなのかもしれない。でもやっぱり、以前のくるっとしない私に戻りたいのだ。

「甘い物も食べていないし、この調子で続けていけば、水も抜けますよ。体がニュートラルな状態になると、これまでみたいに、甘い物も欲しくなくなるし、食べる量も落ち着いてきますから」

私は、はあ、そうですかと小声でいいながら、まな板の鯉《こい》状態になった。タオルごしに先生の指先が触れたとたん、いつもの、

「ぎえええええー」

がはじまる。マッサージがはじまると、めまいの悩みなどふっとんでしまい、今、体を襲っているこの激痛が早く去ってくれるのだけを願っていた。相変わらず汗がびっくりするくらい出る。全身をマッサージしているわけではなく、首筋やデコルテまわりだけなのに、どうしてこんなふうになるのか、不思議でならない。家に帰ったときには、肌着を全部取り替えないといけないくらい、汗びっしょりだ。

「マッサージの後は、体がゆるんで毛穴が開いているので、そこから寒さが入らないように、気をつけてください。とにかく体を冷やさないように」

そう注意されているので、汗をかいたらすぐに着替えるようにしている。冬場なのに何度も肌着を替えなくてはならないなんて、はじめての経験だった。

家にいるときは、万が一、気分が悪くなっても、すぐに寝られるので何かあったとしても、多少は安心できるが、心配なのは外出するときだった。週に一度、漢方薬局まで行くのは徒歩と電車で三十分足らずだが、それ以上の距離を移動したときに、めまいがひどくなって倒れたりするのではと緊張した。駅まで歩いている途中、ちょっと不安定な感じになってきた。これはまずいなと思いながら駅に到着すると、ちょっとくらっとしたが、普通に歩けているようだ。ところがしばらくすると、落ち着いてきて何事もな

かったように電車に乗れ、無事目的地までたどりついた。

半年ぶりに会った女性は、

「元気そうですねえ」

とにこにこ笑っていた。

「ああ、そうですか。年齢が年齢なんで、いろいろとあるんですけどね」

といいながら、そうか、他の人にはそれほど具合が悪いようには見えないんだとわかって、少しほっとした。いつも元気な人に見られようとは思わないけれど、心配をかけてしまうのは嫌だ。ひどくはないけど、ちょっとめまいっぽいときには、どうしたらいいのだろうか。下手にいうと相手を心配させるし、黙っていたほうがいいような気がする。傍《はた》から見ても体調が悪そうに見えるのだったら、「白状」したほうがいいかなと思っていたのだが、ひとまず安心し、何事もなく家に帰ってきた。しかしうがいをしようと上を向くと、くるっとする。ふだんは何でもない時間のほうが多いから忘れているのだが、この症状が出ると、

「ああ、そうだったんだ」

と暗い気持ちになる。しかしいくら暗くなったとしても、状態が改善されるわけでもないので、

「今は仕方がない。ともかく溜まった水を抜くことだけを考えなくては」

と考えるようにした。

どんな元気な人であっても、気をつけたほうがいい期間が、年に四回あるという。

「夏の土用《どよう》は『土用の鰻《うなぎ》』で、知っている人が多いでしょうけど、土用は年に四回あるんです。暦を見るとわかるんですが、一月、四月、七月、十月の土用の入りの日から、立春、立夏、立秋、立冬までの十八日ほどの期間で、昔は農作業や土木関係の仕事はやめたというくらい、体を休める大事な期間なんですよ」

夏場は体力を補うために、土用の丑《うし》の日に鰻を食べろという話は、平賀源内《ひらがげんない》が鰻を売るために、そのような案を出したといわれているし、夏の土用も一日だけかと思っていた。ところが土用は年に四回、それも一回につき十八日あるとなると、年間に二か月半は土用なのである。

「私も本当かどうかわからないので、はっきり断言はできないんですけど、昔からこのように伝わっています」

先生はそう前置きしながら、土用は次の季節に対応するために、体が準備をする期間になっている。そのときに無理をすると、体に負担をかけるので、とにかく無理をせずに過ごさなくてはいけないのだそうだ。考えてみると、夏の土用の間、私は氷菓を食べまくっていた。そして十一月の土用の最中に体調が悪くなった。

「土用のときは、特に胃腸の状態が悪くなるんですよね。それがひどくなると心のほうにも影響するので、精神的な問題をかかえている人は、状態が悪くなりがちなんです」

私は体調の悪さがすべて土用にひっかかっていたので、納得するしかなかった。

「これからは年に四回の土用に注意してくださいね」

先生に注意されたので、帰りに暦を買い、カレンダーに注意すべき土用の期間の印をつけた。あまりの日にちの多さに愕然《がくぜん》とした。

とにかく不快な気分から少しでも早く逃れたい一心で、おやつの甘い物はずっと食べずにいた。

「ま、まんじゅう……」

という禁断症状もなくなってきた。薬自体が甘いので、それで体が納得したのかもしれない。ただ糖分も少しは必要なので、朝、煮豆を食べる程度である。水分も制限されているので物足りない。ダイエットをしているときは、間食をしないかわりに、お茶を飲んでまぎらわせていたが、あれも水分を摂りすぎていけなかった可能性が大だ。もちろん過食は厳禁し、冷えた物は食べないようにして、年に四回の土用にも気をつける。

「注意することばっかりだ」

これまで気楽な一人暮らしをいいことに、野放図に生きてきた。食べたいものを食べ、お酒はまったく飲めないし、ジュースも好きではないので、お茶の類をやたらと飲んできた。食べたいものを腹いっぱい食べて、苦しくなったら、

「はああ」

とため息をつきながら横になる。苦しかったのを覚えているはずなのに、食欲にまかせて同じことを繰り返す。客観的に考えて馬鹿ではないかと呆れるし、我ながら、

「これって、正しい人間の姿か？」

といいたくなる。といってもそういったことをやらかしてしまうのが、人間なのであるが。

過食をすると消化にエネルギーを使ってしまうため、熱量が末端まで回らずに冷える原因にもなる。うちのネコは冷え性だが、どんなにおいしいご飯を目の前に置いても、決まった量以外、絶対に口にしない。生まれ持った体質を本能的に熟知しているらしく、十四歳になった今でも、一歳のときの体重を維持している。いつも「偉いなあ」と、飼いネコを見ながら感心している。食べ方に関してはネコのほうがずっと立派だ。これからはネコを見習わなくてはいけない。

ひと月経ち、ふた月経ちしているうちに、くるっとくるのはまだ治らないけれど、汗が出る癖がついたのか、近所を少し散歩した程度でも、汗をかくようになってきた。それと、以前は買い物をしておつりをもらうときに、レジ係の人と手が触れると、ほとんど相手の手のほうが温かく感じたのに、そう感じなくなってきた。鮨職人に向くような冷たい手だったのに、体が温まってきたらしい。それと同時に、あれだけ毎日、夜中にトイレに起きていたのが、目を覚ますと朝になっている。ともかく少しずつ改善されているのがわかると、やる気にもなってくる。

五十数年、ほったらかしにしてきた体は、あっちこっちが滞っている。

「書く仕事だと、肩胛骨も固まっているんですよね。ここもちゃんと開かないといけないんです。テーブルに俯《うつぶ》せになってみてください」

先生は、いつものリンパマッサージで絶叫し終わり、へろへろになった私の背中をさすりはじめた。

「うーん」

先生の様子からすると、あまりいい感じではなさそうだ。背中に激痛が走った。

「いたたたたー」

私の絶叫を無視して、先生は、

「ほらね、肩胛骨の下に全然、手先が入らないでしょう。周囲の筋肉が硬くなっている証拠ですね。これもちょっとまずいですねえ。肩胛骨の下に手が入るくらいになっていないと、呼吸のときに胸が開かないし、これを放っておくと、凝りがだんだん下に降りていって、腰痛になるんです。ともかくこれも何とかしないと」

「首筋、胸板の老廃物を流す」だけではなく、「肩胛骨の下に手が入る」まで、目標になってしまった。

「よ、よろしくお願いします」

私は今度は背中の痛さに悶絶しながら、肩胛骨の下に手が入るなんて、そんなこと聞いたこともなかったわいと驚きつつ、ともかくえらいことになったものだと、情けなくなってきたのだった。

めまいはまだ完全には治っていなかった。たとえば左側に寝返りをうっても何ともないのに、右側を向こうとすると、めまいがする。これがあるうちは、治ったとはいえないなあと思いながら、三日に一度、右側に寝返りをうってみて、ああ、まだだめだとがっくりするのを続けていた。とにかく過食を避け、水分、糖分を摂りすぎないようにと注意して、

「早く、なんとかならんかのう」

とつぶやく日々だった。

私はちょっと不安になってきていた。このまま薬を飲み続けて治るのか。こんなに時間がかかるものなのか。甘い物も我慢して一週間に一度くらいだし、水分についても我慢しているのに、もしかしたら治らないのではないだろうか。ここまでになるには、何十年もかかっているので、それが簡単に改善するわけはないのだが、もともとせっかちな性格なものだから、つい、早くこの嫌な気分から解放されたいと考えてしまう。他にもっと即効性のある治療法があるのではなどとも思ったが、ともかく縁があって先生に

お世話になっているのだから、余計なことは考えずにこのまま続けてみようと心に決めた。

私にはめまいより先に、三年ほど前からひきずっている悩みがあった。それは目の充血である。それも充血しているといったものではなく、左目の黒目の左側の目尻寄りしかならないのだが、白目が真っ赤になってしまう。とにかく真っ赤なので、充血よりも衝撃が強いし、顔を合わせた人も気持ちが悪いだろうと、嫌でたまらなかった。そしてそのサイクルが、一年に二度ほどだったのが、四回、六回、八回と増えてきたのが心配だった。

夏はサングラスがかけられるので、ごまかしがきくのだが、冬はそうはいかない。買い物をして歩いていたところ、向こうから歩いてきた年配の女性が、私の顔を見てぎょっとした顔をしたので、いったいどうしたのかと家に帰って見たら、見事に左目が真っ赤になっていた。痛くも痒《かゆ》くもないので、私自身は何ともないのだが、とにかく見た感じが「惨劇《さんげき》」なのである。

知り合いに聞くと、その「惨劇」を経験している人は多く、重い荷物を持ったり、力んだりしたときになったという。なかには着物の着付けをしてもらったら、気絶しそうになるほど紐をぎゅうぎゅうに締められて「惨劇」になった人もいた。私の場合、どういうときになったのかと思い出してみたら、仕事が立て込んでいるとき、夜に根を詰めて編み物や縫い物をしたり、本を読んだりすると、目がごろごろしてきて、何日後かに

「惨劇」になった。同年配の友だちのなかには、目には問題はないけれど、たびたび鼻血が出るという人もいた。私たちは、

「更年期だから、行き場がなくなった血が、目や鼻から出てるのかしら」

などといって、首を傾げていたのだった。

めまい治療が最優先課題だったが、この件も先生に相談しなければと思っていた矢先、運悪くというか、運よくというか「惨劇」に見舞われた。

「大丈夫ですか？　痛くないですか？　もしも痛かったら外傷で、大変なことになりますから」

と聞かれた。痛くも痒くもないのに、とにかく見た感じが悪くてと嘆くと、

「うーん、やはりそういう状態になるのはよくないです。血流が滞っている証拠ですから。仕事もオーバーワークで疲れているんじゃないですか」

オーバーワークといわれても、私にはそういった感覚はなかった。昔よりは連載は少なくなっているし、暇がたくさんあるわけではないが、まあまあこなせる量の仕事だと思っていた。

「一日のスケジュールは、どのような感じですか」

午前中は家事をしたり、時間があれば散歩のついでに銀行や買い物に行ったり、たまに三味線を弾いたりして過ごし、昼食後の午後一時から夕方まで仕事をする。そして夕食後は、本を読んだり、編み物をしたり、縫い物をしたりして、風呂に入って十一時に

は寝ると、先生に説明した。すると先生は首を横に振りながら、

「それは疲れます。やっていて楽しいことなのでしょうし、疲れている自覚を持つのは難しいのかもしれませんが、疲れたと感じたときは、相当に疲れているので、その前にちゃんと休みを取らなくちゃいけません」

若いときのように、やりたいことをやりたいように、ぶっとばしてはいけないというわけである。

「はあ、疲れているんですか」

「そうです。だから疲れてるよって、目が教えてくれているじゃないですか」

たしかにその通りである。

一日のうち、仕事は最優先でしなくてはならないが、その後の読書や編み物や縫い物は私の楽しみだった。それらは、

「仕事をここまでやれば、編み物ができる」

という、馬の目の前にちらつかせる人参と同じだった。仕事をした後の、自分にとってのご褒美だったのである。

「午前中の家事や買い物はともかく、一日にやるのはひとつだけにしてください」

「えっ、ひとつだけですか？」

「仕事にパソコンを使っているから、それ以上は目の負担になると思うんですよ」

返事ができなかった。目の前の人参なしに、走れといわれたのである。

「うーん」

私はうなるしかなかった。

「編み物も縫い物も読書も、私の楽しみなのに……」

この日は仕事、この日は編み物、この日は縫い物、それも日中のみとなると、夕食を食べた後は、いったい何をしていればいいのだろうか。そう訴えると、今度は先生が、

「うーん」

とうなった。

「わかりました。それでは全体的に目を使う時間を減らしましょう。目医者さんに行くと、何でもないといわれることが多いけれど、体が何でもないのにそのような状態にはならないので、気をつけたほうがいいです。それもちょっと習慣化してしまっているので、しばらくは注意してください」

まだまだ激痛を伴う、リンパマッサージと肩胛骨剝《は》がしのマッサージを受け、目だけではない「惨劇」が、体のそこここで起こっていた。

「血流をよくするために、桂枝茯苓丸《けいしぶくりょうがん》と、体のこわばりをとる葛根湯《かっこんとう》を一週間分出します。目の赤みが取れるまで服用してください」

飲まなければならない薬が増えてしまった。

しかしこれで気になっていた「惨劇」がなくなるのならば、ありがたい。昔は、

「そんなに人って薬を飲むものなのか」

とちょっと呆れていたが、漢方薬ではあるけれど自分もそうなってしまった。それもこれも、無意識のうちに自分の体を痛めつけていた証なのだ。

「桂枝茯苓丸」も「葛根湯」も煎じ薬ではないので、そのまま服用し、「惨劇」が収束するまでは趣味は我慢して、仕事も少しずつやるようにしていたら、日を追うごとに赤みは薄くなっていき、一週間後の漢方薬局に行く日には、ぽっちりと小さな赤い点が見えるだけの状態になっていた。これまでは眼科に行かなかったこともあるが、治るのにだいたい十日以上はかかっていたのだ。

「ずいぶんよくなりましたね。この一週間はどうでしたか」

趣味は封印し、一日の仕事の時間を減らしたと説明すると、

「やっぱり、オーバーワークだったんですね。昔と同じような感覚でいると、体にどうしても負担がかかるから、自分がやりたいなと思う七割でやめてください。目一杯やっても、若いときと違って回復も遅いし、いいことはないです。とにかく無理をしないこと。すべて七割でやってください」

「はあ……」

私はがんばる性格ではないので、仕事以外の事柄はすべて適当にやってしまう質《たち》だが、それでもその日に、ここまで編みたいとか、ここまで縫いたい、ここまで読みたいと思うと、ついやってしまう。それが蓄積して、目の負担になっていたのだ。ただ、胃の問題のときは食習慣を改めればいいだけだったが、今度は自分が好きな事柄について、考

え直さなければならなくなり、こちらのほうが正直いって困った。私の好きなことをやめろといわれたときには、大げさではなく、心の底からがっかりしてしまった。

あるときは、三日続けて、ふだんよりも長い時間、散歩をしたら、また「惨劇」になった。やっと仕事が終わったので、運動不足でもあるし、気分転換に最寄りの二駅、三駅を、ずんずんといい感じで歩いてしまった。さすがに三日目は家に帰ったときに、ちょっと疲れたなとは感じたが、ぐったりしたわけではない。そうしたら翌日、「惨劇」に見舞われたのだ。

「あらー、困りましたね。ゆっくり体を休めればよかったんですけど」

「でも運動不足が気になって」

「家事をちゃんとしているのだったら、そんなに必死に歩かなくても大丈夫ですよ。歩くのはいいっていいますけど、正しい姿勢で歩いている人なんて、ほとんどいません。腰が曲がっていたり、足がちゃんと上がっていなかったり。そんな姿勢でいくら歩いても、体にいいとはいい難《がた》いですね」

たしかに先生のおっしゃる通りである。私もちゃんとした歩き方で歩いている自信はない。途中で買い物をして、それを手に持って歩くので、体の左右のバランスはそれですでに崩れている。散歩についても考えなくてはならず、以前とは違う、きちんとしたペース配分を考えなくてはならなくなった。

まず基本的な生活スケジュールを見直した。前のように朝から晩まで用事ややりたいことを詰め込むのではなく、ゆとりを持たせるようにする。ふだんから自分はぼーっとしている時間を持っていると思っていたが、それでもまだ体力が回復するには足りなかったらしい。新しく考えたのは、仕事は一日に適宜休憩を取りつつ三時間まで。編み物、縫い物、読書は仕事がない日の日中のみ。テレビは最長二時間。私はなるべくまとまった休みが取りたいものだから、三日かけて原稿を書くよりも、一日で書けるのなら、集中的に書いて、あとの二日は遊ぼうと考えていた。しかし目には、毎日少しずつやったほうが負担が少なく、疲れが回復しやすいような気がした。

最初は休憩しながらの三時間で、仕事がこなせるのだろうかと不安になったが、それなりに原稿は書き上がった。編み物や縫い物、読書については、前に比べて格段に量は減ったけれども、様子を見ながら細々と続けていた。無理に散歩に出ることもしなくなった。その結果、それでもたまに「惨劇」には見舞われたけれども、そのつど、「桂枝茯苓丸」と「葛根湯」で対処していたら、「惨劇」の間隔が徐々にあいていき、充血くらいはあるけれど、ひどい状態にはならなくなった。

「生活も変えたし、血流もよくなってきたんですね。ただ無理をすると、また目にきますから、気をつけてください」

やはり自分の体の衰えについて、鈍感だったと反省した。

「体が悪いとアンテナが鈍くなってくるんですよね。体がニュートラルな状態になると、自分の体の快、不快に敏感に気づくようになるんです。そうなるには、もうちょっと時間がかかるかもしれませんね」
先生はにっこりと笑った。

私はこれまでの人生で、何かに対してずっと我慢した経験はなかった。なのでたとえば知り合いが禁煙したという話を聞くと、立派だなあと思っていた。最近は喫煙者が少なくなってきているので、打ち合わせをしていてもそんなことはないけれど、私が若かった頃は、次々に煙草《タバコ》に火を点ける、チェーンスモーカーが多かった。そういう人たちが、さまざまなきっかけで禁煙をし、今では、

「煙がこっちにくると、むっとする」

というくらい、煙草から遠ざかったのを知ると、

「偉いなあ」

と感心する。何らかの意志を持って、何かを成し遂げるのは、口でいうのは簡単だけど、実行するのは本当に難しい。私は今まで何も考えずに食べていた甘い物の量を、極力減らすようにと、先生にいわれてから、その耐えることがどれだけ大変かを思い知った。

私の体調が悪くなった元凶は甘い物だ。若い頃はまだ代謝が上がっているからよかったが、加齢と共に体が冷え、代謝が落ちてきて、体調不良に陥った。

「とにかく最初は、薬を効かせるために、甘い物は厳禁ですよ」

先生にいい渡されてから、正直いって地獄の日々だった。最初はすぐに治したい一心なので、歯をくいしばって甘い物を耐えていたが、胃を温めて水を抜く薬が効いてきて、めまいが改善されてきたときが、いちばん困った。

仕事をする机の上に、パソコンや辞書が当たり前のように置いてあるように、和菓子がのった皿があるのは当然だった。私はクリームたっぷりのケーキ類は、会食の際やいただき物のみ食べ、ふだんは和菓子ばかりだった。いくつかの散歩ルートの途中に数軒の和菓子店があり、そのうちの二軒で、

「あの原稿を書きながら、これを食べよう」

と楽しみに買っていた。ほとんど日課に近かった。ところがこの楽しい日課が厳禁となったのだ。

あまりに日常になじんでいたので、日々、特別、甘い物を食べているという感覚はなく、それがいけなかったのかもしれない。

「今、甘い和菓子を食べている」

というような自覚があれば、体調不良になる前に、自粛できたかもしれないのに、自分の感覚ではいつの間にか家にあって、いつの間にか皿の上にのっていて、いつの間にか食べている。何のひっかかりもなく、日常で当たり前のように行っていた行為を、してはいけないといわれると、無意識だから簡単にやめられるように思えるが、実はそう

いう無意識の行動をやめるほうが、意識を持った行動をやめるよりも、もっと大変なのだということがよくわかった。

たとえば甘い物を食べるときに、

「これは糖分も多く、食べることによって、私の体は余分な水をより多く含むようになる。むくみやめまいの原因にもなりうる」

と自覚していれば、やめるという理由も自覚できる。しかし以前の私のように、

「原稿を書くときに、何か食べたいな。脳には甘い物は必要だからっていうし、次の原稿は枚数も長いから、気合を入れるために、和菓子を二個くらい食べてもいいよね」

と気軽に購入し、原稿を書きながらいつの間にか食べ終わっている。

「よし、これでエンジンがかかった」

とキーボードを打つのに勢いがついたのは間違いはないが、それがあまりに毎日だと、体が変になるのは当たり前なのだ。

きっとそれは煙草を吸っている人も同じではないだろうか。煙草を吸うと頭がすっきりするというし、火を点けるのも無意識の動作として組み込まれている。チェーンスモーカーになっているのも気がつかない。箱が空になっているのを見てはじめて、また新しく買う。喫煙も日常的な行為なので、傍で見ているほど、本人はチェーンスモーカーだという自覚はなかったのに違いない。

しかしその無意識を、今回は見せつけられるはめになった。

「何でも過剰になるといけません。糖分も適量というものがありますから。料理に砂糖は使っていないということなので、仕事をしながらの甘い物はしばらくやめましょう」

先生からいわれたこの言葉は、私のこれまでの人生で、いちばん悲しい言葉だった。私はお酒は飲めないし、煙草は吸わない。食べ歩きなどの趣味もないし、食事も自炊なので、仕事をしながら和菓子を食べるのが、いちばんの楽しみだったのだ。ばったりと床に倒れたくなったが、それと体調とどちらを取るかといわれたら、やっぱり体調の復活だった。

愕然とした私が、身をよじって耐えつつも、最初から「禁和菓子」ができたのは、「人参湯」が甘かったからだ。これが私の口に入る唯一の甘みになったので、食後に薬を飲むのが本当に楽しみだった。早く飲む時間がこないかと、心待ちにしたほどだった。もしも薬が苦かったり酸っぱかったりしたら、そう簡単に「禁和菓子」ができなかった。薬の味に救われたのが大きかった。

最初は一生懸命に耐えるが、それが続かない私は、体調が改善されてくると、

(そろそろ食べてもいいんじゃないのか)

とよからぬ考えが頭をもたげ、先生に相談した。

「食べてもいいですよ。でも適量ですよ」

一度にまんじゅう六個を食べるのは、言語道断なのは思い知っている。

「あのう、どのくらいの量を食べればいいんでしょうか」

「糖分を全然、摂らないのもだめだし、食べ過ぎるのはもちろんだめです。それは自分の体と相談して決めるしかないですね。体がニュートラルな状態になっていると、自分で判断できるようになるんです。浴びるようにお酒を飲んだり、お腹いっぱい物を食べたりする人は、体が鈍感になって、体が嫌だというのを感じなくなるんですね。ずいぶんよくなってきましたから、一週間に一度、小さめの和菓子を一個食べるくらいなら、問題ないと思いますよ」

（一週間に一度！）

声には出せなかったが、あまりの少なさに衝撃を受けてしまった。

しかしそのままへなへなっとしていたら、今の私の体調での甘い物の適量がわからない。漢方薬を飲みはじめたときのように、どうしてもだめと固く禁じられたのならば、泣く泣く我慢するけれど、ちょっと規制が緩くなってくると、どのくらいならばいいのか知りたくなる。少しでも甘い物を食べつつ体調を戻そうという魂胆から、私は先生に食い下がった。

「あのう、小さいっていうとどのくらいですか？　普通の大福餅だと小さいっていう感覚じゃないですよね。たとえば、山田屋まんじゅうくらいの大きさですか」

先生も和菓子の大きさまで聞かれるとは思わなかったのか、しばらく、

「うーん」

とうなっていた。

「そうですねえ、大福餅よりも小ぶりな感じかな。山田屋まんじゅうの大きさならいいですよ。でも今は一個だけですよ。前のように食べたら逆戻りですからね」

たしかに山田屋まんじゅうは小さくてかわいい。私は十個入りの箱をいただいて、仕事をしながら、速攻で完食した記憶がある。それを一週間に一個だけならいいなんて。

(何と悲しい……)

あっという間に空にした箱が、今の私には十週間分。許容量の何倍、甘い物を喰ってたんだお前はと呆れてしまった。

現実は厳しい。先生から許されたのは、

「えっ、これだけ?」

といいたくなる量だ。小さいものを一個食べたら、それで満足できるだろうか。私の性格からいって、一個食べたらどうでもよくなって、二個、三個といってしまいそうだ。それならば下手に食べずに、いっそ食べないのを貫いたほうがいいような気もする。

「ああっ、いったいどうしたらいいのだ!」

悶絶するほど悩んだ。だいたい人というものは、「恋愛」「生死」「贖罪《しょくざい》」といった哲学的な問題で懊悩《おうのう》するものだろうが、まんじゅうの大きさで懊悩する馬鹿は私くらいのものだろう。

私はしばらくまんじゅうについて悩み続けていた。大きさについての結論が出るまでは、口にするのはやめようと考えていたので、欲求と自制が入り交じって、日々、切羽詰まってきた。デパ地下の和菓子売り場や和菓子店の前を通りかかると、ディスプレイやケースを凝視してしまう。

(あのまんじゅうはどれも大きいな。あれは小ぶりだけど一個売りはしてもらえないようだし。ああ、わらび餅。あれはどれくらい食べればいいのだ。全部食べるのは、絶対に許されないだろうなあ)

私のまんじゅうを見る目つきは鋭く、店員さんもさぞかし不気味だったに違いない。

翌週、やっぱりものすごく痛いリンパマッサージと、肩胛骨引き剝がしマッサージの後、息もたえだえになって、

「あの、甘い物のことなんですけど……」

と切り出すと、先生は、

「えー、どうしたんですか。まだそんなに悩んでるの。まじめなんですねえ」

と笑われてしまった。

「いえ、あの、まじめじゃないんですけど。体のことに関係がないことなら、どうでもいいんですけど、食べたいだけ食べると、後でまた体調が悪くなるのが嫌だし……」

先生は調剤室に入り、顆粒《かりゅう》状の薬が分包されたものを持ってきた。

「これは胃を温めて水を出す薬なので、果物や甘い物、冷たい物を食べたときに飲むといいんです。煎じはめっちゃくちゃまずいんですよ。顆粒はそれよりはましですが、とても苦いです」

私は目の前の「呉茱萸湯《ごしゅゆとう》」と書かれた、一日分三包が一枚のシートになっている薬に目が釘付けになった。先生は漢方の本を開いて見せてくれながら、

「本来は頭痛薬として出すのですが、胃が冷えて頭痛になる場合も多いですからね。でもこれがあるからって、安心して前みたいに食べたらだめですよ。食べるのも楽しみのひとつだし、会食をする機会もあるでしょうから、持っていてもいいかもしれません」

先生は現在の一日三回飲んでいる漢方薬とは違ってこれは頓服《とんぷく》として、そのつど一包ずつ使うので、好きなだけ持っていけばいいといってくれた。三枚、九包分買ってきた。

「これで九回はまんじゅうが食べられる」

天の助けのような気がして、私は鼻息が荒くなった。薬局の帰り、痛いマッサージに耐えた自分へのご褒美に、地方の銘菓なども売っているスーパーマーケットに立ち寄り、他の食品と一緒に、小さな黒糖まんじゅうを一個だけ買って家に帰った。

仕事をしながら、まだ、まだと自分におあずけを命じ、一段落したときにお茶と一緒に食べた。

「わあ〜、これだあ〜」

久々のまんじゅうのおいしさにしばしうっとりして、幸せな気持ちになった。不思議にもっと食べたいとは思わなかった。しかしその後の「呉茱萸湯」のまずいこと。私は苦い物は嫌いではないのだが、舌の上にずーっと苦みが残っているのには閉口した。

「これがアメとムチっていうものなのね」

私は口をへの字にしながら、昔は親友のように仲よしだったまんじゅうが、だんだんと遠ざかっていくのを感じたのだった。

体内の水が滞る体質のため、今までのように何も考えずに、水分を摂ってはいけないと、先生にいわれ、これまでの習慣を改めなくてはならなくなった。まず午前中に飲んでいた紅茶二杯を一杯にした。午後、仕事をしながら三、四杯は飲んでいたので、これも一杯にする。体調が悪くなったのは冬場だったので、それほど水分を摂らなくても大丈夫だった。ただ仕事をしながら食べる和菓子とストレートの紅茶は定番だったので、和菓子を我慢したうえに、紅茶の量が激減するのは辛かった。

先生に相談すると、

「実際問題として、体には十分すぎるほどの水が溜まっているのだから、やはり余分には入れたくないんですよね。といっても新しい水分は体内に補給する必要があるので、溜まっている分を尿や汗で排出して、それで適量の水分を摂るっていうのがいちばんいいんです。どのくらいが適量かは、人それぞれなので、何杯まで大丈夫と一律にはいえないけれど、体質を考えると一日、一・五リットルとか二リットルは多すぎます。食べ物も最後は水分になるので、適量を見極めるのは、ご本人の体感しかないんです。私は外から顔や体を見て、水が溜まっているかどうかはわかりますが、個人的にどれくらいの分量がいいと指導するのは難しいです」

といわれた。それは、人の体質はそれぞれ違うのだから、当たり前だろう。頭ではわかるのだが、いざ適量の水分となると、いったいどうしたらいいのかわからない。

「もともと日本人は、生活の周辺に水が多い民族なんですよね。お米も水で炊くし、気候的に湿気が多いでしょう。乾燥している気候の欧米の考え方を、そのまま信じ込むと、いろいろと問題が起きるんじゃないでしょうか。エアコンもない昔だったら、働いて汗をかいて水分が体から排出されたでしょうけど、今は汗をかく機会がとても減ってますからね。自動販売機やコンビニで手軽にペットボトル飲料を買えるようになったから、水を排出しにくい人が、排出できないのに水分を過剰に摂ったら、いい状態ではなくなります」

せっかく体調が戻ってきたのに、またあのめまいの日々に戻るのは嫌だ。かといって水分を極度に制限して摂らないのは体によくないのは間違いない。

「ああっ、どうしたらいいんだっ」

私は頭を抱《かか》えた。

「たとえば舌を見て、両側にでこぼこになって歯の跡がついているときは、余分な水が溜まっていると判断します」

私はそれを聞いて、

「べーっ」

と舌を出して、水が溜まっているかどうか確認することにした。

試験的に午前、午後に紅茶を一杯ずつにしてみた。最初は物足りなかったが、そのうち慣れた。ただその大切な一杯がおいしくない一杯だと、心の底から悲しいので、より吟味するようになった。以前はオーガニックだったらいいかと、適当に選んでいて、たまにちょっと口に合わないものがあっても、

「ま、いいか」

で済ませていた。しかし一日に好きな紅茶を二杯しか飲めないとなると、自分の勘を研ぎ澄まして、購入するようになった。いただき物に関しては、ありがたく頂戴するけれど、自分が買う場合は、より品質に気をつけるようになった。

冬場は、一日二杯の紅茶で過ごしても、ひどく喉が渇いたりもしなかったのに、それでも散歩をすると汗が出る。こんなに水分を減らして、ぱっさぱさになるのではと心配になったけれど、体から出てくる余分な水は涸《か》れることがない。以前は歩いていても汗なんかほとんど出なかったのに、歩いていると汗ばんできて、家に帰るとすぐに肌着を着替えなくてはならないほどだ。先生は、

「それほど暑くない時期に、過剰に汗が出るのは、余分な水が溜まっている証拠ですからね。歩いてうっすら汗をかく程度になればベストなんですけどね」

夜、半身浴をしていても、以前はなかなか汗が出てこなかったのに、しばらくすると

わーっと噴き出してくる。そのたびに私は、

「ふふ、出てる、出てる」

と満足した。体に入れる水は減っているのに、汗が出る量は多い。いつか出なくなるのではと思っていたが、びっくりするくらい、汗は出続ける。そしてそれでも舌に歯の跡はついたままで、

「どんだけ水が溜まっとるんじゃい」

と自分自身に突っ込むしかなかった。

このような状態で冬、春と過ごしてきたが、問題は夏だ。熱中症が問題になって、屋外だけではなく、室内でも罹《かか》る可能性があるという。テレビやラジオでは、とにかく「水分を摂れ」と連呼している。しかし私はそれとは真逆の水を控える生活だ。

「もしかして、脱水状態になるのでは」

私は心配になって、先生に聞いた。

「体に水が溜まっている体質だと、脱水状態にならないんでしょうか」

「水が溜まっていると、余分なところに水が多く集まって、いくべきところにちゃんと水が回っていかないんですよね。適正な水分量だと、体全体にうまく回っていくんですけど。はっきりしたことはいえないけど、水が溜まる体質の人も、熱中症や脱水状態になる可能性はあると思います」

水が体内に余っているから、いいというわけではないらしい。となると、

「今の私の状態は、大丈夫なんだろうか」

である。これまで私はクーラーを使う習慣がなかった。クーラーがきいた部屋にいると、頭が痛くなってきたり、肘や膝が少し痛んだりするので、夏場、外出するとなると、外気が高温であっても、冷房から身を守るために、袖のあるものや丈長のスカートを穿《は》いていいたくらいだった。クーラーは十四年前にネコを飼いはじめたときから、一日に十五分くらい使うだけで、日常的には使っていなかった。先生はそれに驚き、

「肘や膝が痛くなったのは、水が溜まっていてそれが体内で冷えていたのです。水抜きをしているので、今はそういった症状も緩和されていると思うので、体に負担がかからない程度に、上手にクーラーを使ってください。そうしないと今の高温多湿の気候では、体がまいってしまうので」

という。過剰な湿気は避けたほうがいいらしい。さすがに私も歳を取り、若い頃とは違って暑さにも耐えられなくなっているので、

「それじゃ、クーラーを使ってみるか」

とネコが寝ているベッドルームの一部屋だけ、室温二十八度くらいに設定し、密閉するのは嫌なので、窓を少し開けて外気を入れても、涼しさが感じられて快適だった。私と同じく歳を取って十四歳になったネコも喜んで爆睡していた。昔はとにかくクーラーは私の大敵で、

「いたたたた」

とうめきたくなるくらい、肘や膝が痛んだのが、下は長パンツだが上は半袖Tシャツでも肘や膝が痛くならない。このような状態ならば、これからもクーラーを使えると、猛暑を乗り切る術をひとつ見つけた。

問題は口に入れるものだ。夏場に氷菓は食べていたけれど、氷が入った冷たい飲み物などは、ほとんど口にせず、温かい物ばかりだったので、胃は弱いけど夏バテとは縁がなかった。漢方薬局に通うようになってからは、極力、甘い物や氷菓も避け、冷たい物も口にしていない。水分摂取量も減っている。しかしあんなに熱中症に注意といわれると、水抜き状態を続けている私は、今後、どうしたらいいのかわからなくなってきたのである。

お酒が飲める人は風呂上がりの一杯のビールは最高だという。私も冬場は飲まないけれど、夏の風呂上がりの常温の水一杯は最高だと思っている。しかし先生は首を横に振った。

「熱いのは体の表面だけなんですね。冷房や冷たい物の飲食で、体の芯が冷えているのがわからないんです。そこへ冷たい物を入れるのは、感心できません。どうしてもというのなら、ぬるま湯くらいの温度のものがいいんですけど」

それを聞いた私は、なんだか汗が出まくっているので、それでは体がぱっさぱさになってしまうのではと心配になり、

「冬はともかく夏は、風呂上がりにものすごーく水分を摂りたくなるんですけど」

と訴えると、

「胃が熱を持っていると、口が渇くんですよね。ちょっと、いっていたことと反しているかもしれませんが、水を飲みたかったら、氷を一個、口に含んだらどうですか。体が欲しがっているのではなく、口の中だけの問題なので、それで収まるんじゃないでしょうか」

氷一個だったならば、コップ一杯の水よりもはるかに少ない。私は今まで必要がないので使わなかった製氷器を取り出して氷を作り、風呂上がりに一個、口に含んだら、それで気持ちが収まった。何も考えず、ぐいーっと水を飲んでいたときの、十五分の一ほどの量で満足した。歯を磨いた直後だと、清涼感も加わり、しばし、すーっとするのがうれしい。

「いちばん危険なのは、運動をした直後に冷たい物を一気に飲むことなんです。体が熱くなっているところに、冷たい物を一気に入れてしまうと、血管に負担がかかって心臓がやられてしまうんです。冷え過ぎていないものを、少しずつ飲まないと」

私はあまりに暑いときは、日に何度も温水のシャワーを浴びていたのだが、先生はシャワーは温水であっても、体の芯は温めず逆に体を冷やすので、ぬるま湯にタオルをひたして、それで体をぬぐったほうがいいという。

冷たい水を使わないのは、その刺激で毛穴がとじてしまい、汗が出にくくなるからだそうだ。暑くてたまらないときは、リンパ腺があるところを冷やすと、暑さが収まると教えてくれた。

夏場は冷えたビールをぐーっと一杯、冷水シャワーですっきりと、とにかく刺激が欲しくなる。しかし先生はその刺激が体によろしくないという。ぬるま湯で体を拭き、ぬるま湯を飲む。正直いって猛暑のなか、ぬるま湯づくしだと、よけいにだれるような気がする。

「それをやったら、どうなるかをわかっていればいいんです。禁欲的に暮らすのは無理だし、私もついつい冷たいビールを飲んで、あー、やっちゃったって思うことはありますよ。すべて、ほどほどですね」

先生がいうその「ほどほど」が難しい。

頭ではわかっていても、あまりの猛暑で、水分を摂りたくなる。舌を見ると歯の跡が軽くついていて、相変わらず水分は余っている。

正直いって辛い。そんなときは先生にいわれたように、氷を一個だけ口に含むか、氷を入れた冷たい水でうがいをする。まるで減量しなければならない、試合前のボクサーのようである。内心、私、脱水になってない？　と心配になりながらも、実際は食事をすると汗はどっと出るし、半身浴をすると汗は体から噴き出してくるのだ。

うちにある体脂肪計も、体水分量が測れるタイプに買い替えた。成人女性の平均的な体水分量は約四十五〜六十％で、私の数値は五十五％だった。あれだけ水を絞り出しても、平均の範囲だがやや多め。その前はいったい、どれだけ体に水が溜まっていたのかと、恐ろしくなる。もしかしたら九十%が水だったんじゃないだろうか。といっても、夏場にこれ以上、水分を減らすのは私にはできなかった。今後のことは、涼しくなってから考えようと、私は毎日、舌をべーっと出しながら、水の溜まり具合を観察し続けた。

漢方薬局は予約制なので、私の前後の予約の人とは顔を合わせる機会がある。中高年が多いのではと想像していたが、赤ちゃんから高齢者までとても幅が広い。子供はアトピーの治療がほとんどらしい。

「アトピーも体の水はけがうまくいかないのと関係しているんです。まず親のほうが自分が汗をかくのが嫌だから、自分の子供にも汗をかかせたくないんですよね。CMを見た子供が欲しがる、甘い飲み物やお菓子を与えるものだから、朝昼晩の食事が入らなくなる。カロリーだけが過多になって、よけいに水が溜まってしまうんです。あまりに汗をかかせない生活をしていると、腎臓の機能が落ちてしまうのに」

夏場の子供たちは、まるで水に浸かったかのように、全身が汗まみれだったのが当たり前だった。ときにはあせもができて痒かったりもしたが、子供はそんなものだと、体を洗った後に天花《てんか》粉《ふん》をはたかれたり薬を塗られたりしたものだった。

「今はどこにでもクーラーがありますからね。子供が汗をかく機会がないんですよ。それなのにコンビニや自動販売機が普及したせいで、一年中、どこでも水やジュースが飲めるし、冷たい物も食べられるでしょう。人間の体は昔からそれほど変わっていないのだから、子供も大人も体が冷えるばかりで、体温が低くなり、それで免疫力の落ちた人が多くなっていくんですね」

コンビニが登場してから、患者の質が変わってきて、老若男女問わず、体が冷えている人たちがとても多くなったと先生は嘆いた。ただ食べたいだけではなく、これを口に入れたら、体内でどのような状態になるのかぐらいは、考えてほしいというのだ。

「冬場でも手軽に冷たい物が食べられる世の中ですからね。特に食べ物関係のお店は、目新しい物を出してきますから。すべて禁欲的に我慢しろとはいわないけれど、やはり季節からはずれた物には気をつけないと。旬って何ですかっていう人さえいるし。暖房をかけながら冷えた物を食べるとか、冷たいビールを飲むとか、ほどほどにしておかないと、体の芯が冷え切ってしまいます」

暑いのも寒いのも、体の表面だけの感覚なので、体の芯が冷えているのかどうかを見極めないといけないのだろう。

「昔は陰陽でいうと、男性は陽の気の多い人もいたのですが、今は陰が強くなって冷えのある人が多くなりましたね。女性は気にするけれど、男性は自分が冷え性だという自覚がないので、大事《おおごと》になってしまうんですね。体温が低くなるとガン細胞も活発になるので、ここ最近、うちに来る患者さんでも、特に前立腺ガンの男性が多くなりました」

女性と冷えは思春期の頃からいわれているから、どこか頭の隅に残っているけれど、男性は意識しない人がほとんどだ。以前、私の担当編集者の男性が、足裏マッサージに

行ったときに、

「体がとても冷えていますﾞ」

と指摘されて、びっくりしたといっていた。

「えっ、おれが？　っていう感じだったんですけど、四十代に足をつっこんだこともあって、格好をつけるのはやめて、ズボン下を穿くようにしたら体調がいいんです」

男性も温めると体調がよくなったところを見ると、人間として冷えはやはりよくないといえるのだろう。

先生は、自分の体が現在どういう状態かわからないのに、次から次へと世の中に流される、食や健康情報を鵜呑《うの》みにするのも考え物だという。私も体が欲しているのだからと、まんじゅうやら甘い物を食べ過ぎ、体を冷やして体調を崩した。丈夫な質ではない私は、それで自分の愚行に気付いたわけだが、そうではない人は、何も症状が出ないと、そのままよくないほうへと突っ走ってしまう。

「どうして体ってそうなんでしょうか。よくないことをしていたら、腹のあたりからブーッて警告ブザーがなるとか、そういうしくみになっていればいいのに」

私はため息をついた。

体質は一人ひとり違うのに、世の中に流される食や健康に関する情報だけがあふれかえって、みんなそれに踊らされている。私の例でいうと、頭脳労働には甘い物が必要という話を信じたはいいが、適量までは考えが及ばず、結局はこのざまである。食の情報というと、必ずスイーツも登場する。女性だけではなく、男性もスイーツが大好きになってきたのも最近の変化である。

体にいいという健康情報にも興味があったので、新しい情報が出てくると、

「へえ、そうなのか」

と関心を持ってはいたが、体質を自覚してからは、体の弱い部分に負担をかけず、体を冷やさない食べ方や生活をしていればいいと思うようになった。次から次へと出てくる食や健康情報に振り回されるときりがないので、我が道を行く方針にしたのだ。

健康情報番組で、体にいいという食べ物を紹介すると、店頭からあっという間に消え去るという話もよくいわれた。

「番組が放送されていたあの時期は、本当に大変でした」

先生のところにも、健康情報に敏感な人々が、結局は体調を崩してやってきた。

「高齢の女性が、『先生、体にいいことをやっているのに、体の具合が悪くなる一方なんです』っていうから、いったいどうしたんだろうって、不思議だったのね」

話を聞くと、テレビでココアが体にいいといっていたので、それから毎日、ココアを飲み続けていたら、胃の調子が悪くなった。それでもテレビでいっていたのだからと、飲むのはやめなかった。

「あなたは胃が弱い体質なのだから、脂肪分が多いココアを毎日飲み続けたらだめですよって注意したら、それでも『体にいいっていっていたから』って、やめたくない雰囲

気なの。テレビの影響は恐ろしいですよ。人の体質はそれぞれなのに、すべて正しいって思い込んでしまうのね」

先生は、ココアがおいしくて飲んでいるのなら仕方がないけれど、毎日はいけませんと譲歩すると、彼女は、

「別においしくない」

という。薬と思って我慢して飲んでいたのだ。

「おいしくなくて、自分の体に合わないものを飲み続けるなんておかしいでしょ」

懇々と諭すとやっと納得して、やっと彼女はココアを飲むのをやめた。

「他の人にはいい影響があるかもしれないけれど、その人に合うかどうかはわからないですからね。たまに飲むのならいいでしょうけど。だいたい、これを飲んだり食べたりすれば、長生きできるものなんかないんです」

最近の高齢者のアイドルは、聖路加《せいろか》国際病院の日野原重明《ひのはらしげあき》先生だそうで、テレビや雑誌で先生の生活が紹介されると、同じようにすれば長生きできると勘違いした高齢者が何人も体調を崩し、先生のところにやってきた。

「そのたびに、あの方は特別なのだから、あなたが先生の真似をしてもだめですっていうんだけど、『日野原先生は、日中はビスケットを二、三枚しか食べていないのだけど、晩ご飯にはステーキを食べていて、食事の品数がとても多かった』とか、『睡眠時間が少ない』とか、みんなとても詳しいんです。それで食事から何から真似をして、体がふ

らふらになって、困ってうちに来るんです。あなたはそんなことをしたら、いけませんよっていうのに、『自分と日野原先生とはどうして違うんだ』なんていい出すので、あの方は特別、一人ひとり体質は違うって繰り返すんですけどねえ……」

元気で長生きしたい高齢者が多い証拠なのだろうし、気持ちもわかるけれど、やはり情報に踊らされているとしか思えない。

薬局を訪れるのは、体調の悪い人がほとんどだ。それが改善されてくると、中高年のなかには欲が出てきて、漢方の力で若返りができないかと期待する人がいる。体が悪いときは精神的な余裕がないが、治った後は流行のアンチエイジングに関心が向くという。

「何歳くらいになりたいですかって聞くと、五十代半ばなのに三十歳くらい、なんていいはじめるんですよ。その頃がいちばんよかったんですって。それは絶対に無理で、年齢の九掛けが限度ですよっていうと、みんながっかりするの」

リンパマッサージをしながら、先生が私にも、

「若返りたいですか」

と聞いてきたので、私はもともとアンチアンチエイジング派なので、白髪もカラーリングしないでそのままにしているし、実年齢よりも老けるのは困るけれど、三十代の若さを取り戻そうなんていう野望は持っていませんと話すと、先生は「そうですよねえ」とつぶやいて、ほっとした顔をしていた。アンチエイジングの情報も多く、興味のある人も大勢いるのは事実だ。しかし体調がよくなれば、それで万々歳ではないか。改善さ

れると別の欲が出てきて、もっと、もっとになってしまう。それが人によっては生きる意欲になっているのだろうけれど、中高年には分相応の健康や若さがあると思う。

一人に一時間の時間がとられているので、先生とはさまざまな話をする。私の場合は単純に水が溜まっているだけだったので、水を抜くだけで済む。しかしもっと複雑に気や血が滞っている場合は、西洋医学の医者よりも、東洋医学の先生のほうが、患者のプライバシーに踏み込んでいかなければならない気がする。その点では先生との信頼関係や相性が重要になってくる。お世話になっている先生は、うちではアンチエイジングは年齢の九掛けが限界、といい、

「私が漢方の仕事をしているのは、患者さんが亡くなる直前まで元気で、そしてぽっくり死ねるようにするためです」

といったのが、とても気に入った。それは私の考えと一致していた。たとえば九十歳で亡くなった人と五十歳で亡くなった人を比べて、九十歳の人が幸せで、五十歳の人が不幸というわけではない。

私は、自分の頭で何も考えられず体も動かせず、他人の世話になって、年数だけでご長寿のお祝いをいただくよりは、自分で自分の世話ができて、そこそこの年齢でぽっくり逝くほうを選ぶ。残された人たちにはあっけないかもしれないが、それは仕方がない。先生が薬局に来る高齢者から、ぽっくり亡くなった知人について、いろいろと話を聞いたところ、まだ調査段階ではあるが、高齢で太った人よりも、痩せた人のほうが、ぽっ

くりタイプが多かったという話だった。

　私の祖母は九十六歳で、朝食を食べた後、居間のソファでくつろいでいるときに亡くなった。まさにぽっくりだった。頭もしっかりしていたし、足腰も丈夫だったので、亡くなるまで杖に頼らずに歩いていた。身の回りのことも全部自分でできた。朝食後に自分の食器を洗い、自分が汚した物は何もない状態で亡くなったのだ。私はその話を聞いて、身内ながら何と立派な最期かと感心した。そんな祖母も痩せ型だった。私は彼女のように九十六歳までと大それたことは考えていない。人それぞれ天命がある。先生にお世話になりながら、うちの唯一の家訓になっている、

「ちゃんとしたものを食べていれば、死んだときも顔色がいい」

　という祖母の言葉を肝に銘じて、もういいと天からいわれるまで元気で過ごし、ぽっくりと逝きたいものだと願っているのである。

会社をやめて、物書き専業になってから二十四年、私は自由業は何があっても体が資本と考えて、食べるものには気をつけ、とにかく無理をしない、を守ってやってきた。以来、インフルエンザや悪質な風邪が流行《はや》っても、それに巻き込まれずに済んできた。

「丈夫なんですね」

と、年中、風邪をひいているという人にいわれたこともあるが、私はそれと真逆の芯が弱い体質なのである。

通勤しなくてはならない人は、通勤の電車やバスの中で、風邪をうつされる場合も多いだろう。あの満員電車はそんなときに乗ったら、相当あぶない。ずいぶん前、「風邪をひいたとき、熱が何度までだったら会社に行くか」というアンケート結果を見たことがあるが、私の基準が三十七度が限界なのに対し、いちばん多かったのは三十八度で、なかには三十八度を超えても出社すると答えた人もいた。

「みんな、がんばってるんだなあ」

と感心してしまった。なんて世の中の人は勤勉なのだろうか。私なんぞ、熱っぽいといっても三十七度以下で、鼻がぐずぐずして咳がちょっと出ただけでも、仕事をやめてただひたすら寝る。会社員が通勤ＯＫと感じる体調でも、横になって寝ている。私が丈夫なのではなく、多くの人は無理をしすぎて体調を崩しているのに違いないのだ。

私は三歳のときに原因不明の高熱を出して死にかけたし、すぐに喉を腫《は》らすので、小学校に上がるまでは、医者と縁が切れなかった。冬になると喘息《ぜんそく》っぽくなり、喉にネルの布を巻き、毎晩、塩水の吸入をしたのを覚えている。それが小学校に入学してからはなくなり、喉は弱いけれども大事にはならなかった。もともと体が丈夫ではないのが、自分でもよくわかっているので、無理をしないように自粛していたのである。といっても今は足が遠のいているが、徹夜のカラオケとか、麻雀もやった。しかし好きなことをやったせいか、そのときは睡眠不足ではあるけれど、寝れば治った。問題は仕事が詰まっているときなのだ。

風邪をひく前は、不思議と、ひきそうな妙な予感がする。それを、

「締切が二本残っているから、もう一踏ん張りだ」

と自分を励ます。そして何とか書き終わってほっとしつつ、近所に買い物に行くと、げっほげっほと世間に向けて咳をしている、嫌な感じのおやじがいる。風邪気味の人は自主的にマスクをしたり、口にタオルやハンカチを当てて咳をしたりしているのに、そのおやじはまるで、

「世間の奴らにうつしてやる」

といわんばかりの態度なのである。

私はそんな無神経なおやじを、

（あー、やだやだ。絶対にうつりたくない。どうせなら男子でも女子でもいいから、若い人からうつりたい）

と横目でにらみつける。同じ風邪のウィルスでも、若い彼らの体内にいるもののほうが、汚れていない気がする。おやじがいる半径五メートルの範囲では必死に息を止め、空気を吸わないようにした。家に帰ったらいつもよりも念入りに手洗いうがいをしたのに、翌朝、目が覚めると喉の調子は最悪になっているのだった。

「あいつのせいだ！」

昨日のおやじの姿を思い出しながら、

「くっそー」

と歯ぎしりをしても、節々は痛むし体もだるい。咳も出る。あのおやじの体から出たものが、自分の体内に入ってこんな状態になったと想像すると、とにかく気分は最悪になった。

そんなときの私の風邪の対処法は、とにかく「絶食して寝る」だった。これはいろいろな健康関係の本を読んだ結果、食事をすると消化にエネルギーが使われるので、風邪をひいたときは体を安静にして、ウイルスをやっつけるためだけに、エネルギーを使ったほうがいい。なので絶食をしたほうがよろしいという説が多かったからである。常々私は食べ過ぎると感じていたので、風邪をひいたときくらいは、絶食したほうがいいのではないかと、この説に従ったのだ。しかしどんなに具合が悪くても、物が食べられないという状態にはならない。なので寝ていると、お腹がぐーぐー鳴ってたまらず、風邪の症状よりも、空腹のほうが辛くなってくるのだった。

ここでふだんと同じ食事を摂ると、てきめんに咳がひどくなるので、パジャマから外に出られる服に着替え、いちばん近くの店でバナナとスポーツドリンクを購入してベッドの横に置き、お腹がすいたらそれらを口に入れて、ただひたすら寝ていた。するとだいたい丸二日か三日で回復するので、食事は通常のものに戻す。風邪のウィルスは、治ったと思っても体内に一週間から十日潜んでいると聞いたことがあったので、その期間はとにかく無理をしないで、早寝をするというのを心がけていた。

薬局に通うようになってからは、冬場に芯から体が冷えるような感覚がなくなり、風邪も一度もひかなかったが、寒くなると先生から、

「帰りは気をつけてくださいね。マッサージで体がゆるんでいるので、そこに邪の気が入ると風邪をひいてしまうから」

と必ず注意を受けた。マッサージ後は体がぽかぽかするので安心していると、首筋などから、しゅっとよくない気が入ってきて、風邪をひきやすくなるという。なので私は体が温まっても、首にはマフラーやスカーフを必ず巻いて保護していた。まだマッサージを受けると、どっと汗をかいていたので、家に帰ったらすぐに着替えるほどだった。私は三十分ほどで家に帰れるけれど、遠方から通う人だと体温調整が大変だろうなと思っ

た。

　あるとき、当初の激痛からちょっと痛い程度にまでましになった、リンパマッサージを受けていると、

「よく風邪をひいていましたか」

　と先生から聞かれた。私は子供の頃から今までの状況を説明した。とにかく無理をしないですぐに寝る。なるべく物は食べないという話をした。

「無理をしないですぐに体を休めるのはいいけれど、バナナとスポーツドリンクはよくなかったかも。どうしてその二つなんですか」

「とにかく寝ていても、お腹がぐーぐー鳴って、すごいんです。バナナは栄養バランスがいいと聞くし、固いものよりも消化もよさそうでしょう。スポーツドリンクは点滴と同じ成分だと聞いたことがあるので、常温で甘みの少ないものを選んで飲んでました」

　先生は首を傾げている。

「両方とも糖分が多いですよね。子供が風邪をひいたときに、水分補給のためにスポーツドリンクを飲ませる親御さんもいらっしゃるけど、子供がそんな状態では、きちんと歯磨きもできないでしょうし、虫歯になる可能性がとても高いです。飲むのは温湯がいいでしょうね。それとやっぱり体が温まるおかゆかな。バナナは体を冷やしますからね。食欲がない人は重湯ですね。鼻水や咳が出るのは、体内に溜まった余分な水分を出そうとしているので、それを助けるには体を温めたほうがいいんです」

「子供の頃に、喘息っぽくなっていたのは、やっぱり水が溜まっていたからなんですね」

「そうですね。親からもらった基本的な体質は、がらりと変わらないから」

「わかりました。じゃあ次に風邪をひいたときは、そのようにします」

そういいながら、わっはっはと笑っていたら、その五日後に風邪をひいた。家にわざわざ物を届けてくれた店員さんが、風邪をひいていて、それまで受け取ってしまったのである。夜から背中がぞくぞくしてきて、いつもの風邪よりも、ちょっと重い感じだ。ふだんよりも甘い物を食べる量が多くなっていたのも、風邪をひきよせた原因のひとつかもしれない。食事でも甘い物でも、食べ過ぎた後は風邪をひく確率が高いような気がした。

翌々日、漢方薬局に着くなり、先生に、

「風邪をひいたようです。体がだるくて」

と訴えると、

「すぐにこれを飲んで。早め、早めに処置しておかないと、こじらせると大変だから」

と小さな分包を二つ渡された。中にはカプセルが一個ずつ入っている。

「これは何ですか」

「牛です」

「うし?」

「霊黄参《れいおうさん》」という薬で「牛黄《ごおう》」「人参」が配合されていて、疲れが溜まっているときに服用するといいという。牛黄は牛の胆石なのだそうだ。

「熱がこもっているようですね。でもそれほどひどくないので、三日分だけ薬を出しますね」

と「麻黄附子細辛湯《まおうぶしさいしんとう》」のエキス顆粒を渡してくれた。

「『麻黄』というのは、ストローみたいに中が空洞になっていて、悪いものを吸い出すといわれているんです。『麻黄湯』という薬もあるんですが、これはインフルエンザの薬で、ちょっと強いんですね。『附子』は手っ取り早くいえばトリカブトです。これは水分の代謝を助けます。『細辛』は根っこで、これも胸のあたりに溜まっている水分を出す作用があります」

　トリカブトというと、昔のＮＨＫの大河ドラマ「独眼竜正宗」で、渡辺謙がトリカブトが入った食べ物を食べて、苦しさで悶絶しているシーンを思い出すが、そういうものも薬として含まれているのだ。

　マッサージを受けていると、ふだんよりも多く手から余分な水がしみ出てくる感じがする。

「体に水が溜まると芯が冷えて、タイミングが悪いとそこで風邪をひいちゃうんですよね」

　先生の言葉にごもっともとうなずきながらも、手のひらの汗と、たらっと垂れてくる鼻水を拭かなくてはならないので忙しい。

　おかゆというのは、雑炊やおじやではない。ご飯に水を足して煮たものではない。きちんと米から炊いたのがおかゆなのであり、それを食べなくてはいけないと先生にいわれた。もしかして体調が悪くなったら自分ではとても作れないので、帰り道、オーガニックショップで、レトルトのおかゆを五袋買って帰った。本当ならば食事はおかゆだけにしたほうがよかったのかもしれないが、やっぱりおかゆだけではお腹がすいたので、野菜を煮たおかずもちょっとだけ食べ、いつもの薬にくわえて「麻黄附子細辛湯」を飲んだ。

早く治ればいいけどと期待しつつ仕事をして、寝る時間を早めにしたら、翌日になったらだるさが消え、頭もすっきりしていた。ここで調子にのるとまた逆戻りする可能性があるので、食事を三割減にして、外出をやめて家でじっとしていた。すると夜になるにつれて、元気が出てきて、おとといまでの鬱陶しい体調が嘘のように消えていた。三日分として九包もらった薬のうち七包服用した。

「漢方でも長く飲み続けていいものと、そうではないものがあるので、この薬は自分の体調を考えて、もう飲む必要がないと判断したら、やめてくださいね」

漢方だから大丈夫というわけではないらしい。体質改善ではなく、風邪をひいた際に対処するものだから、延々と服用する種類のものではないのだろう。ただし私の体質の場合だからであって、飲み続けていい体質の人もいるのかもしれないが。風邪は生活していくうえで、嫌だけどつきあっていかなくてはならない病である。そして同じような風邪でもその症状によって、服用する薬がさまざまにあることも、後日、知ったのである。

体調が悪くなる前、毎日、鏡を見ていて、首も太くなったし、顔色もくすんで、おまけにたるんできたなあとは感じていた。五十も過ぎたし年齢によるものだろうと、たるんだほっぺたを叩いたり、首筋を揉んだりしていたが、原因が代謝が落ちて老廃物が溜まっていたからとは、想像もしていなかった。

これまで激痛に耐えたごほうびなのか、むくみも軽減して首も細くなってきた。体重も少しずつ落ちている。それでも、

「今日はちょっと溜まっていますね」

と顔を合わせたとたんに先生にいわれる。そういうときは、私自身が十分納得する、甘い物を食べ過ぎたという理由がある。首にタオルをあてがわれ、リンパマッサージがはじまると、いつもの断末魔の叫びである。ただ通いはじめた当初よりは、ドブの流れもよくなったらしく、痛い時間は短くなった。漢方薬局のドアを開ける前は、タートルネックのセーターの首回りがぴったりだったのに、マッサージが終わると、ゆとりができている。しかしまた一週間の間に不摂生をすると少しずつ元に戻るのが憎たらしい。新たにマッサージに加わった肩胛骨まわりも、先生が目標としている、

「肩胛骨の中に手先がすんなり入る」

ようになるまでには、ほど遠いようだ。

「体の前も後ろも、上も下もどれだけ余分な物が溜まってるんだ」

と自分の体に怒りたくなる。といっても、そうしたのはまぎれもない自分なので、ふりあげた拳は黙って下げるしかなく、ぶつぶつと文句をいいながら、自己嫌悪に陥るのである。

甘い物は適量なら食べてもよろしい。多めに食べたら、そのつど、薬を一包飲んでこまめにケアするようにといわれ、甘い物、果物、冷たい物を食べたときのために「呉茱萸湯」の分包を常備しているのだが、このくらいなら薬を飲まなくても平気だろうと気を許すと後が辛い。体調が悪くなったのは、仕事をしながら毎日甘い物を食べていたのが原因だったのにもかかわらず、

「あのときよりは、食べる量が少ないから」

と自分を甘やかす。食べなければそれに慣れて、ずっと食べなくても平気なのに、一日、二日と甘い物を食べる習慣をつけてしまうと、何か口に入れないと気が済まなくなる。こういうところに気をつけないと元に戻る、と自分にいい聞かせるのだが、欲望との闘いは続いていた。先生は、

「ゼロにしなくていいんですよ。少しずつ変えていけば。事実、めまいは改善されているのだから、いい方向に向かってるんです。すぐに全部断ち切ると、ストレスが溜まり

ますからね。多めに食べたら『呉茱萸湯』。あとはマッサージで悪いものは流す」

甘い物を食べたら食べただけ、正比例してマッサージが痛いのはずっと変わらない。これは本当に罰である。私は週に一度、リンパマッサージをされても、どこも痛くなくなるのを目指しているのである。現実にそんな日が来るのかは謎であるが。

「一人だけ高齢の女性で、マッサージをしても全然痛くないっていう方がいらっしゃいますよ」

とても信じられない。先生も、まったく痛くないのであれば、うちにいらっしゃらなくてもいいのではといったのだが、何もしないのも心配だから、お世話になりますといっているという。

「うらやましい……」

こっちはちょっと多めに甘い物を食べただけで、やっと軽くなってきたマッサージの痛みが、憎たらしくぶり返すというのに。

「前にもいいましたけど、あなたの体調の悪さは胃からくるものがほとんどなので、必要以上の甘い物は避けないと。何があっても胃はあたためてくださいね」

「人参湯」で胃をあたため続けているのは、基本的な全身状態を改善するうえで、効果があるのだろう。先生に念を押されたので、私は薬局で先生が見せてくれた、『現代の食卓に生かす「食物性味表」』(燎原書店)を購入し、どの食品にどのような性質があるのか、食事を作るときの参考にするようになった。

それでもやっぱり風邪はひく。寝込んだりするようなひどい症状ではなく、一日か二日で治るのだけれど、咳、喉の痛み、鼻水、鼻づまりなど、症状はそのときによってさまざまだ。

「背中がぞくぞくしたり、風邪をひきそうだなって感じたときは、免疫を上げる『霊黄参』二カプセルに、『葛根湯』一包を飲んでおくといいです。葛根湯は体を冷やすので、クーラーで冷やされたり、冷たい食べ物を摂りがちな夏場は飲まないほうがいいですね。あと生理中の女性も同じ理由で避けたほうがいいです」

男性も女性も、そんなことなど気にしないで、風邪をひいたら気軽に葛根湯を服用していたのではないだろうか。

私はここ三十年近く、ケミカルな薬は、親知らずを抜歯したときに歯医者でもらった抗生物質以外は、飲まないで過ごしてきた。先生はそれがとてもよかったという。

「薬の効きがとてもいいんです。ここに来られたときも、ご本人は大変だったでしょうが、水を抜けば治る程度のものだったので、深刻な状態ではなかったです。それでも、もうちょっと時間がかかるかなと考えていたのですが、あっという間に効いてきましたね」

「えっ、そうなんですか」

「多くの方は、漢方薬局に来る前に、ケミカルな薬を服用してますからね。それが漢方の効きを妨げる場合が多いので、前の薬が抜けるまで、人にもよりますが、だいたい一年近くかかるんです。その分がなかったので、体調が戻るのも早かったですね」

「でも、それならどうして、マッサージがいつまでたっても痛いんでしょうか」

「それはお仕事をしたり、他にも買い物をしたり、いろいろしているからですよ。生活をしていれば、どこかに負担はかかっているんです。でも前よりも痛くはなくなってきているでしょう」

「それはそうなんですけど……」

「子供並みに薬の効きがいいので、安心してください」

「はあ……」

でもやっぱりマッサージは痛いし、風邪もひくのが悲しい。

以前、風邪をひいて、体に熱がこもっていると診断されたときに処方されたのは、「麻黄附子細辛湯」だった。その次にひいたのは、頭がぼーっとしていて汗がやたらとにじみ出る風邪で、そのときは「桂枝湯《けいしとう》」だ。ドラッグストアでは薬はまったく買わないので、よく知らないのだけれど、風邪薬のCMを見ると、喉が痛い風邪、熱が出る風邪と分けているものもある。総合感冒薬というのは、すべてをひっくるめて効果があるということなのだろうか。大勢を対象にしているので、そういったくくりになるのだろうが、ストライクゾーンがものすごく広そうだ。

「漢方では個人的な体質を考えて薬を出しますからね。本来はその症状の薬ではない薬を出すこともあれば、別の症状でも、同じ薬を出すということはあります。たとえば『呉茱萸湯』は頭痛の薬として用いられるのが、本来の目的ですから」

私は甘い物の食べ過ぎで胃が冷え、その経絡《けいらく》つながりで、こめかみが痛くなっているのを眼精疲労からくる頭痛と勘違いして、目薬をさしていたのだが、先生に指摘されてからは、人体実験のように、仕事をしながら、いただき物の果物や甘い物や冷たい物を食べ過ぎると、

「痛くなるかなあ」

と様子をうかがっていた。そしてしばらくすると、こめかみが痛くなってくる。そこで「呉茱萸湯」を飲むと、嘘のように痛みが消えるのである。

「さまざまな症状がありますが、どのような薬を出すかは、ひとつではないです。十人いたら、十人用の薬の出し方があります。今は精神的な問題が原因になっている人がとても多いので、その症状の根本を探らなくてはならないし、複雑にからみ合っているので、とても難しくなりましたね」

精神的な悩みが深い人に比べて、私の体は子供並みに単純らしい。これまであまり深く物事を考えてこなかったのが、よかったのかもしれない。馬鹿は風邪をひかないというのと同じようなものであろう。

私は風邪をひくと、すぐ喉が痛くなるので、薬局に行くとすぐに、

「風邪をひいたみたいです。喉がちょっと変です」

と訴える。私が椅子に座るなり、先生は乾姜のエキスをぬるま湯に溶いたものを目の

前に置き、すぐに飲むようにという。

「喉にしみますか？　痛い？」

首を横に振ると、

「まだひどくなってないですね。よかった」

と先生が安心した顔をする。そういわれると、こちらもちょっとほっとするのだ。

「前に出した『麻黄附子細辛湯』は風邪のひきはじめの、だるさなどをカバーするものですね。たとえば首の横がこわばったり、熱がこもったりしているときは『柴胡《さいこ》桂枝湯』、肺を温めるのであれば『甘草乾薑湯《かんぞうかんきょうとう》』、むくみや咳、喘息、アレルギー性鼻炎の症状だったら『小青竜湯《しょうせいりゅうとう》』ですね。でもこれはあなたのための処方であって、他の人に対しては違う場合もあります。『人参湯』のように、何年にもわたって飲み続けていいものもありますが、そうではない薬も多いですよ。適量を出して完治したのに、ずっと飲み続けたら風邪をひかないのではと勘違いをして、他の薬局で薬を買って飲み続けて、具合が悪くなった人もいますしね。とにかく漢方だから何でも飲み続ければいいというわけではないんです」

とにかく先生の指導に従って、勝手な自己判断は禁物なのだ。

本を読まない人よりは、漢字を多く見慣れている私でも、薬の名前を見聞きすると、わけがわからなくなる。先生は漢方薬は積み木みたいなもので、効能のあるものを組み合わせるという。一つひとつの効能を全部覚え、症状通りに使うのはもちろん、相手の体質や症状から、あえて別の薬効のある薬を出したりする。西洋医学のお医者さんもそうだろうが、医業にたずさわる人は、想像力がないととてもできないと思った。どこの世界でもそうではない人はたくさんいるから、そういったところに、医療トラブルが起きたりするのだろう。

私は風邪をひくと、単純に、風邪をひいたと先生に伝える。表面に出てくる症状は伝えられるけれども、体内に余分な熱がこもっていて外に出られないというのは、自覚できない。それを先生は、じっと私の体を見て熱がこもっていると判断する。どこをどうやればわかるのか不思議でならない。

風邪は誰でも罹る病気だけれど、漢方でその症状によって、こんなにピンポイントで多種多様な薬が使われているとは、想像もしなかった。一般的な「葛根湯」でさえ、実は避けたほうがいい時期があり、女性は服用時期に留意する必要がある。漢方薬局にお世話になってはじめて、人間の体の複雑さや、個人個人の体質の違いによる、きめ細かな対応に驚いた。体調がよくなるにつれて、妙に敏感になったような気がして面倒な部分もあるが、これもニュートラルな状態により近づくためと、受け入れるようにしているのだ。

体が極端に偏らず、その人なりのニュートラルな状態になるのは望ましいが、それに近づいていくにつれ、実はとても面倒くさい状態が伴うのに気がついた。体調が悪くなる前は、一度にまんじゅうを六個食べても、夏場に氷菓を思いっきり食べても、何ともなかった。それが漢方薬局にお世話になって体調が戻るにつれて、甘い物を前ほど欲しくなくなったこともあるけれど、自分の体によろしくないものを、許容範囲以上に食べると、後で必ずしっぺ返しがくるようになった。果物や甘い物を食べ過ぎると、胃が冷えたサインでこめかみが痛くなってきて、「呉茱萸湯」を飲んで対処すると痛みは消える。しかしそれが、

「えっ、これしか食べていないのに、胃が冷えるの」

と以前に食べていたのと比較にならないほどの少量なのだ。

冬場はミカンがおいしい季節なのに、先生からは、

「体を冷やしますからねえ。食べ過ぎちゃだめですよ」

と釘を刺されていた。それでも風邪予防、ビタミンC補給にと、ついつい小さいものを二個、三個と多めに食べてしまうと、夜中、膀胱《ぼうこう》が爆発するのではないかと驚くよう

な状態で目が覚める。あわててトイレに行くと、ダムの放水のようにどっと出てすっきりする。体を温める漢方薬を飲み始めてから、夜中にトイレに立つことなど一度もなかったのに、ミカンを多めに食べただけで、このような有様だ。このくらいの量は、体調が悪くなる前には食べていて何でもなかったのに、ニュートラルな状態に戻りつつあると、体がささいなことにも抵抗してくるようになった。

「前は体が鈍かったんですよ。だから体によくないことをしても、何の反応も出なかったわけです。すぐに反応が出るのは、体としてはいいことなんですけどねえ」

先生は苦笑いをした。たしかにそれはそうである。あのどっと出た分が、鈍い体のせいでそのまま体に溜まっていたかと思うとぞっとする。ちょっと変だと自覚できれば、大事に至る可能性は少なくなる。しかしそれが日常、そこここに落とし穴があるので、はっきりいって面倒くさくてしょうがないのだ。

ふだんは自炊をしているが、たまには売っているお総菜も食べてみようかと買って食べたら、その店のものだけ、後でやたらと腹が痒くなる。乳の下からへそまでが赤くなり、

「痒い、痒い」

といいながら搔《か》き、半身浴をしたらそれでこちらも収まるので、ひどい状態にはならない。一度だけでは判断できないので、試しにもう一度、他のお総菜を買ってみたら、やっぱり痒くなってきた。その店の調理過程で、私の体に合わないものが使われている

ようだった。

食べ物ばかりではない。私はオールシーズン、普段着はパンツスタイルなのだが、外出するときにはたまにスカートを穿こうと思うときもある。短いスカートは穿かないし、冬場はスカートのときは必ず厚手のタイツを装着する。電車の中は暖房が利いているから、外を歩くのは家から駅、駅から外出先くらいの、合計しても二十分くらいだ。寒風が吹きすさぶなか、身を縮めているわけではないので、歩いているときも特に寒いとは感じなかった。ところが体調が戻ってきてから、家に戻ってしばらくすると、左耳にびんびんと響くような耳鳴りがはじまった。ふだんはそんなことがないのに、明らかに変なのである。

先生には、私の場合は耳鳴りは体が冷えたサインだと思っていいと教えてもらっていたので、すぐにレッグウォーマーで足首を温め、寝る前の半身浴のときに、経絡が集まっている両足のくるぶしを揉みほぐしたら、それで治ってくれた。異状があってもすぐに対処すれば問題はないのだが、それがひんぱんにあると、ちょっとうんざりしてくる。

スカートのときはロングブーツを履けば暖かいだろうと、必死に探しまくって、私の幅広で短足に合うブーツを見つけて、履いていた時期もあった。しかしそのブーツのヒールが七センチで、いくら脛《すね》から固定されているといっても、いつもフラットシューズかウォーキングシューズしか履かない私には、歩きにくいことこの上ない。またどういうわけか履くと必ず左足の薬指に血豆ができるため、処分してしまったのだ。なので冬場の外出のときは、着物かパンツスタイルにヒールが三センチほどのショートブーツを履くようにしたら、耳鳴りはしなくなった。

　他にも朝、くしゃみが十二連発出た後、鼻水がどっと出て体がすっきりしたり、風邪でもないのに咳が出たり。唇が乾燥するのは子宮が冷えているとも先生に聞いたので、腰回りを温めるようにすると、急にがさがさになった唇もすぐに元に戻ってくれる。体に悪いことが表面化してくれるのはありがたいことだが、それが一年中、しょっちゅうあると、体を悪くする落とし穴が、世の中にこんなにあるのかと呆れてしまう。私は喫煙も飲酒もしないけれど、煙草や酒もそうだ。甘い物もそうだし、水だってたくさん飲んではいけない。脂、肉……。食べ物だけでも、それらにはもちろん体にとっていい作用もあるのだが、過剰に摂ると体をやられる。自分にとっての、ほどほどの具合を見つけるのは、まだ難しい状況だった。

　ずいぶん前だが、テレビを観ていたら料理が得意な既婚の男性タレントが、不規則な仕事なのでこれからは体に気をつけようと、マクロビオティックに関心を持ったと話していた。油分が気になるので、テレビ局の弁当ではなく、自分で毎日、玄米のお弁当を持って仕事に行っていたという。それによって体調もよくなり、肌もきれいになったうえ体重も減ってとてもよかったのだが、あるとき後輩を連れて食事に行ったら、見る間にばーっと体に蕁麻疹《じんましん》が出てきた。それにびっくりして、あまりに体にいいといわれているものだけを追い求めていくと、人と付き合いをしていくうえで、支障が起こるので、やめてしまったという話だった。これも体がニュートラルな状態に近づいたゆえの結果で、彼としてはいくら体にいいとはわかっていても、自分の仕事や生活上、続けられなかったのはよくわかるのだ。

何でも、よいものも悪いものも、うまいこととまとめて付き合えるようになればいいと思う。私は意志が強い人間ではないので、緊急性があるときは、仕方ないとあきらめつつ、甘い物はじっと我慢するけれど、そうでなくなるとやはり食べたくなる。食べないほうが体調的にはいいとは十分わかっているのだけれど、絶対にゼロにはできないと断言できるほどだ。「呉茱萸湯」も甘い物や冷えた物、鮨などには対処できるが、一包飲めば万全というわけではない。食べた量によってはカバーできないときもあるのだ。

体調も戻ってきたと自覚できるようになった頃、母校に呼んでもらって、講義というほどではないが、ゼミの学生に話をする機会があった。めまいは改善されていたけれど、何があるかわからないと、私は自分の体をまだ信用していなかった。いつもバッグの中には、どこで気分が悪くなっても大丈夫なように、千円札で二万円分のタクシー代を入れた封筒を持ち歩き、もしも出先でめまいの症状が出たときに服用できるように、「苓桂朮甘湯」も入れていた。幸いにも心配するような状態にもならず、それどころかいつになく体調がよかった。もうこれで大丈夫と自信を持ったのにもかかわらず、それから数日後、フレンチレストランでの会食と打ち合わせがあったとき、デザートとお茶を飲みながら話をしていると、めまいっぽい感じになってきた。ぐるぐると周囲が回ったり、気持ちが悪くなったり、倒れそうになったりというのはまったくないのだが、どことなく不安定な感じがするのだ。

（これがひどくなっちゃうと、まずいなあ。帰れるかな）

と心配したのだが、打ち合わせが終わると何でもなくなり、普通に歩いて普通に家に帰ってきた。家に戻ってからも問題は起こらなかった。

「いったいこれって、何なんでしょうね」

不思議に思って先生に聞いてみた。両日とも外出したのは同じ時間帯だったし、事前の体調も自分の感覚では同程度である。食事の内容としては学生と会ったときは、仕出しのお弁当だったので、食事の内容によるものではないはずだ。

「ずいぶん水も抜けてきているから、水のせいじゃないと思うんですよ。睡眠不足はなかったですか。眠っているつもりでも、実は眠りが浅くて睡眠不足になっている場合も多いので。自律神経が作用している可能性もあるかもしれないですね。たとえばその人たちにいい格好をしたいとか、自分をよく見せたいとか……」

私はぎょっとした。特によく見せたいと表立ってはアピールしないけれど、そういう気持ちはある。誰だって人と会うときに、不愉快に見せようと思う人はいないだろう。それくらいの気持ちでいたけれど、私の場合は気付かないうちに、余分な神経が働いていたのかもしれない。

「それじゃあ、どうして学生さんのときは大丈夫だったのでしょうかね」

「緊張しなかったんじゃないですか」

私自身はそれなりに緊張していたけれど、みんな私の娘や息子といった年齢の感じのいい人たちばかりで、リラックスできたのかもしれない。仕事の打ち合わせのほうがより緊張したといえばそうだが、相手は違うけれど、同じようなことは何度もしている。嫌な人たちと会ったわけでもないし、打ち合わせの最中、私の不安定な気分以外、不愉快な気分になったことはなかった。そういえば打ち合わせがあったとき、話しているうちに軽く体がしびれるような感覚があったりしたのは、「好ましい自分」に見られようと、無自覚に緊張していた可能性はある。

その他、私は軽い乱視で左目の数値のほうがよくない。視力はあるので、仕事をしたり本を読んだり、編み物をする以外は裸眼で過ごしている。複数の人たちと会食をしているときは、右を向いたり左を向いたりするので、乱視があると見え方が不安定になるのだろうか。先生に聞くと、うーんと首を傾げている。

「目の疲れも神経の疲れに影響しますけどねえ。私も老眼鏡を取って周りを見た瞬間、くらっとすることはあるけれど」

まだ体調が微妙に戻らなかった頃、半身浴が終わって体が温まったとき、ネコがベランダに出たがったので戸を開けてやったら、外気に触れた瞬間、くらっときた。私が驚いてこの話を先生にすると、ごく当たり前のように、

「ああ、それはあります」

といわれたのも思い出した。

とにかく体調不良を払拭《ふっしょく》したい私は、ちょっとでも不快な症状に遭うと、改善するために理由を知りたくなる。これまでは自覚もあって対処できたけれど、久しぶりの不快な感覚については、自分で理由がわからなかった。考えてみれば緊張しすぎて倒れちゃう人もいるくらいだから、不安定な感覚になるくらいはあるのだろう。それと同様に人間の体は複雑で、簡単に原因と結果があるというわけにもいかないのかもしれない。それからは会食中に不安定な感覚に襲われることはなくなった。自分なりに、ええかっこしいをやめたのだろうか。自分の体なのに、それが自覚できないのも困ったものなのである。

漢方薬局には、病気をかかえている人たちはもちろん、私のように病気ではないが、体調がいまひとつという人も通ってくる。先生の話を聞いていて、意外だったのは出産についてだった。私が若い頃は、お産は病気ではないといわれていたが、漢方では産後病という病気のひとつとされていて、きちんとケアしなくてはいけないものらしい。

「あれだけの体の変化ですからね。負担がかかるんですよ」

私は出産の経験はないけれども、たしかに十か月の間、胎内で人間を育て、出産するときはまた何時間も体の負担を強いられ、出産後もまた授乳やら不眠やらで、いくら出産の喜びはあったにしても、現実問題として母体はへとへとになっているのではないかと思う。医療態勢が整っていない昔は、出産の際に女性が命を落とすことは多々あり、今でも数は少なくはなったものの、命を落とした女性の話は耳にする。

「本当は出産後はしばらく専門家にケアしてもらったほうがいいんです。自分で体調を戻そうとすると、だいたい三年から四年はかかります」

私の知人の女性は四十歳で出産した後ずっと体調が悪く、戻るまでにやはり三、四年かかったといっていたのを思い出した。知人女性もそうだったのだが、自然分娩ではな

く帝王切開が増えているのも、漢方的には経絡を切ってしまうので、よろしくないのだという。私は体験がないので、

「はあ、なるほど」

というしかないのだが、どちらにせよお産は病気ではないという認識は、変えていったほうがいいのかもしれない。

また精神的な病をかかえている人も、実は単に体が冷えきっているだけで、それが改善されると症状が消えてしまう人もいる。その反面、原因が複雑に入り組んでいて、それを一つひとつほぐしていかなくてはならない場合もある。今までの頭の中にある薬の出し方だけでは対応できなくなってきたという。

「日々、勉強なんですよ」

西洋医学だと状態が思わしくない部位に応じて、内科、外科、耳鼻咽喉科などと細かく分かれているが、漢方はそうではない。パーツではなく、体全体を見るから当然、窓口はひとつになるのだけれど、なかには、

「とにかく食事制限は絶対に嫌だ。食べたいだけ食べて痩せたい」

「子供を受験に合格させたい」

という人もやってくる。肥満で病気があるとか、病気の予備軍になる可能性があるというのならわかる。しかしただ痩せたいだけなのなら、それは治療というよりも、美容の範疇《はんちゅう》ではないか。そして子供を受験に合格させたいというのなら、勉強させれば済む

話だろう。

「そういう人は、薬局に来る必要はないんじゃないですか」

つい私はそういってしまったのだが、先生は、

「まあ、そういった方々にもやり方はいろいろありますから」

というのだ。

食べて痩せたいという人には、ここ一週間、どんなものを食べているかを、書き出してもらう。

「明らかに太っていないのに、ただ痩せたいという人には、本人に体の状態を説明します。太り過ぎていて体に問題があったら、食事や生活態度も含めて改善してもらう方向に持っていくようにしますね。ただ本来の適正体重より痩せている人だと、体調が整ったことで、結果的に一、二キロ太る場合もあるわけです。でもそういう人は百グラムでも太るのは喜ばないですからね。必要がないのに、かたくなに痩せたいといい張る人には、『うちでは無理です』とお断りしています」

痩せたいとやってくる人、特にそんな必要もない若い女性たちは、どこでどうそういう数字が出たのかわからない、さまざまな体の理想サイズのデータを持ってきて、自分の身長は○センチなので、体重は○キロ、バスト、ウエスト、ヒップ、太もも、ふくらはぎ、腕の太さまで、○センチでないといけないという。マネキンならそれも可能だが、生きている人間にそれを当てはめるのは、とうてい無理だというのが、外見を重視す

ぎる人にはわからない。それも、

「えっ、そんなウエストサイズで、内臓が収まるんですか」

といいたくなるような細さなのだ。それを先生が指摘すると、

「だって○○さんのウエストが細くて素敵だから」

とモデルの名前を出す。いくら、

「○○さんが素敵でも、あなたは彼女じゃないのよ」

と諭しても、ただ痩せたいしか頭にない人たちには、何をいっても無駄なので、お引き取りいただくしかない。

太り気味で食べ物を制限しないで痩せたいという人には、体を温めるのとリンパマッサージで対応する。

「とにかく代謝を上げることですよね。よくおわかりかと思いますが、体がニュートラルになるにつれて、食べる量も自分の体にふさわしい分量になってくるので、痩せている人は太り、太っている人は痩せるんです。同じ身長でも親からもらった体質、体形は違うのだから、個人個人、適正体重も違うし、体形をモデルサイズの鋳型《いがた》にはめるのは、何の意味もないんですけどね」

漢方であっても、楽をして痩せる方法はないらしい。小声で、

「あのう、そういった人たちも、マッサージを痛いっていってましたか」

と聞いてみた。

「いってましたよ。自分の適正体重から大幅にはずれている人は、やはり何かが滞っていますからね。なかには部分痩せ、たとえば上半身は細いけど下半身が気になって痩せたいという人がいるんです。そういう人は下半身のリンパの流れがあまりよくないんですね」

先生はそういいながら、私を椅子から立たせて、太ももの外側をぐいっと押した。

「ぎえええーっ」

せっかく首や肩のリンパマッサージの痛みがほとんどなくなってきたのに、太ももがこんなに痛いとは。たしかに私は下半身デブ体形なので、このあたりが重いなという感じはしていたが、薬局でお世話になってから、どういうわけか下半身もだんだん細くなってきた。なのに太ももを押されただけでこんなに痛い。

「痛いですか？　ここもやりますか？」

先生に聞かれた私は、

「いいです！」

ときっぱりお断りした。結局、体中どこであっても何かが滞っていると、ツボのスイッチを押されたら、めっちゃくちゃ痛いのがよーくわかった。食べたいだけ食べて痩せるなんて、そんな虫のいい話はあるかと呆れたものの、彼らも私と同じようにリンパマッサージの悶絶する痛みに耐えているとわかると、同じ痛みをよく知っている立場として、

「ご苦労さまです」

といたわれる気がした。

私は体に水が滞って、冷え、むくんでいるような状態だったが、太っている状態にもいろいろあるという。

「今は脂っこい食べ物が好きな人がとても多いので、水に脂がからんでくると、簡単にはいかないんですよね」

私は先生に知り合いの女性の話をした。彼女は胃腸が丈夫なのか、朝起きるとインスタントラーメンを四玉食べ、その後にデザートとしてチョコレートを食べる。日中は仕事が忙しいので、会食以外にはちゃんとした食事はほとんどせず、夜はその反動でとてもお腹がすくので、ほとんど毎晩、お酒を飲みながら焼き肉を食べている。当然、体重は増加の一途なのであるが、本人は病気もせずに、それなりに元気にやっている。

「あー」

先生はため息をついた。

「そういった人を痩せさせるのは、とっても大変なんです」

彼らの体内は水と脂を捏《こ》ねた、たとえていえば水とバターを混ぜ合わせてまた固めたような状態なので、水を排出させようとしても、脂が邪魔をしてスムーズに出ていかない。

「男性にそういうタイプが多いですけれどね。まず体を温め、ほぐしてから水を出すしかないです。そういう人たちは、体の感じがぷよぷよしているのではなく、固太りっぽく見えているはずなんです。そちらのほうが、滞りをなくすのには厄介なんです」

「ということは、やっぱりリンパマッサージは痛いんですよね」

あまりにリンパマッサージの痛さが衝撃的だったので、聞くのが癖になってしまった。

先生は苦笑いしながら、

「そうですね。体がぎっちり詰まっていますからね。きっと背中も硬くなっていて、肩胛骨も固まっているはずです」

私は、そうか、体がかっちかちだとリンパマッサージも痛いよね。体が柔らかいといわれている私でも、あんなに痛かったのだからと、勝手に想像して身震いした。

受験の合格依頼も、受験の日まで体を温めて、集中力が続き睡眠もよくとれるように体を整える薬を調剤し、母親には消化がよく、かつ栄養が摂れる食事を作ってもらうために指導をする。

「薬を飲んだら合格できると勘違いしている親御さんもいますから」

親のほうは必死で、すがれるものには、何にでもすがろうという気持ちがあるのだろう。

体調を崩す人のなかには、職場での人間関係だけではなく、家庭内の不和が原因の人も多い。体調がよくなるために薬を調製するのは先生の仕事だが、

「私はいったいどうしたらいいんでしょう」

などと人生相談もされる。

「先生も大変ですねえ」

私はため息をついた。

「それも私の役目のひとつですから。誰にもいえないことを、ここで話していくだけでも、少しは気持ちが軽くなるでしょう。それこそ気の問題で、その積み重ねで気が滞っていた人の体調が改善される場合もあるんですよ」

先生は平日は朝から夜まで、予約にキャンセルがない限り、昼食を食べる時間もない。休憩もなく十二時間労働というのもざらだ。それも一人ひとりの体調を聞いて、食事の改善のアドバイスもし、家庭内の不和の調停にも一役買わなくてはならない。病気をかかえている人を見るだけでも大変なのに、不快な症状も改善し、病気ではないといわれている私が通っているのが、申し訳ない気持ちもあった。漢方は総合的に人を見るものだし、予防医学でもあるから、病気になる前の未病状態で通うのは、問題はないとはいえだ。

「すみませんねえ、本当に」

「そんなことないですよ。肩胛骨の下に手がだんだん入るようになってきましたから、あともう少しですね」

先生は私の背中のマッサージをはじめた。

「ぐっ、ぐぐっ、ぎえー」

思わずうめき声が出る。皮と骨が引きはがされるような痛みは相変わらずだ。いつになったらこの痛みが消えることやら。下半身は捨てたので、マッサージに痛みを感じなくなるのが、通院終了のサインなのだろうか。しかし気を許すとすぐに体は戻ってしまうと先生もいっていたし、そんな日は永遠に来ないのではないかと、私は背中の痛みに耐えながら、うすぼんやりと考えたのであった。

週に一度、薬局に行く前日、前回から今日までの自分の行動を振り返り、

「ああ、明日はリンパマッサージが痛いんだろうな」

と予想していると、やっぱり痛い。甘い物も食べず、夜遅くまで本を読まないようにして、

「痛くないはずだ！」

と確信を持つと、やっぱり痛くない。さすがに体は正直なのである。

先生がいう通り、体調が悪くなる前は、自覚はなかったけれど、オーバーワークだったかもしれない。私は体調が悪くなることがとても少なかったため、まだ体が若いつもりでいた。日常生活の過ごし方を再考しなくてはならない時がきたのである。仕事は約束なので最優先でやらなくてはならないが、本も読みたいし、編み物もしたいし、襦袢《じゅばん》の半衿つけなど、しなくてはならない縫い物もあるし、食材の買い出しにも行かなくちゃいけないし、汚部屋《おべや》にしないためには、郵便物、紙類、本、雑誌などをこまめに整理する必要もある。

あっという間に一日が過ぎるので、そのなかでなるべく数多くのことをしようとすると、朝から晩まで何かしらやらなくてはならない。先生からは、

「一日にすることはひとつだけ」

といわれたけれど、そんなペースで過ごしていたら、私の生活はやり残した事柄が山積みになって、とんでもないことになってしまう。仕事はともかく、そのために自分の楽しみをやめるというのでは、何のために生きているのかわからない。これまでのように、だらだらやるのではなく、仕事は二時間、縫い物は一時間などと時間を決めて、まだやりたいと思うところでやめておけばよいのではと、一日のなかにぎっちり作業を詰め込まないようにした。甘い物も、食べたいときはどうしても食べたいので食べる。

「このくらいならいいか」

と誘惑に負けて連日食べてしまうと、リンパマッサージがちょっと痛い。そんなときは仕方がないので、

（やっぱり……）

と後悔しながら、情けなくされるがままになっているのだ。

「週に一度、リンパの流れをよくしていれば、それほどひどいことにはならないですよ」

先生は「やっちまった感」を漂わせている私を慰めてくれる。よろしくないものがたくさん溜まっていたデコルテ部分をたまにマッサージされると、ちょっと痛い。でもすぐに痛みが消えるのは、以前とは大違いである。

「あ、もう痛くなくなりましたね。よく流れるようになりました」

激痛に襲われるのもそれが消え去るのも、当然、私は自覚するのだが、先生は指先、それも衣服の上からさすっているだけでわかる。それも私が、痛くなくなったと感じたのと同時なのが不思議でならない。肩胛骨もこわばってへばりついていたのが、前よりも隙間ができてきたので、可動域が広がってきた。私は座業なのに背中や腰が痛くなったりしなかったので、背中がこわばっている自覚はなかったが、その部分が改善されると胸のあたりが開放され、呼吸が深くなってきた気がした。

二年の間、「いてててて」「なぜこんなに痛い」「やっぱり痛い」を繰り返しているうちに、すべての部分の痛みは、マッサージをはじめて三分ほどで消えるようになった。そうなった頃、私の体に変化がおとずれた。習慣的に甘い物を毎日食べなくなったこともあるのだろうが、すでに体重は二キロほど落ちてきていた。

ところがマッサージが痛くなくなってからは、まるで減量のスイッチが入ったかのように、体重がぐんぐん落ち始めた。それはもうびっくりするほどだった。それまでダンベル体操で一度、体重は減ったものの、体操をやめたらすぐに元通り。ダイエットをしても、どれも効果がなかったのに、がくっがくっと減っていったのだ。体を温める漢方薬を飲み、痛いリンパマッサージに耐え、水分、甘い物の量を控えれば、それはまあ痩せる可能性は大だけれど、その感覚がなかったのは、体調が悪くなる前よりも、食事のボリュームが増えていたからだ。

私は三食、自炊をしていても、ほとんど野菜ばかりでベジタリアンに近い食事だった。会食のときは何でも食べるけれど、家では肉類は摂らなかった。しかし先生に指導を受けて、毎日、鶏のモモ肉を百グラムずつ食べるようにした。体を休ませるために、無理して歩こうとしなくてもよろしいともいわれたので、天候と体調がいいときは、散歩に出かけるけれど、近辺に往復三十分ほどの買い物に出かける以外、特別な運動もしなくなった。

食事よりも甘い物への関心のほうが強かったのかもしれない。紅茶も大好きで一日に五杯くらい飲んでいたが、その欲求も減ってきた。仕事をしながら無意識に飲んでいたけれど、本当に飲みたいわけではなく、口寂しいから飲んでいただけのような気がする。野菜をたくさん食べているからいいというものではなく、いくら緑黄色野菜を食べても、それは甘い物を帳消しにしてくれるものではなかったのだ。

最初に、一、二キロが減っても、そのときまだ私の体重は五十キロを少し超えていた。体内の水分量、体脂肪も減ってはきていたが、私としてはダイエットよりも体調を戻すのが最優先だったので、思いもかけず、すごい勢いで体重が減っていくのにとまどっていた。先生に、

「体重がびっくりするほど減り続けているのですが」

と訴えたら、

「代謝を上げて、水抜きをしてますからね。溜まっていた分が出ていっているのでしょ

う。それだけ体内に余分なものがあったということです」

　という。

「それにしても、減りすぎではないかと……」

「今はニュートラルな状態に戻している途中なので、体にいろいろな変化が起こって体重が減っていっているのでしょうが、そのうちその人にふさわしい体重に落ち着くので大丈夫ですよ」

　私は、はあそうですかというしかなかった。生まれて五十年以上経ってはじめて、体重が増える悩みではなく、減る悩みに直面したのである。贅沢《ぜいたく》な悩みといえばそうなのだが、この歳になると、明らかに老女の体つきに近づいていくような感覚があったのだ。

　リンパマッサージで、まっさきに胸がしぼんだし、体内の余分な水分が減っていくのに、外側の皮が追いつかないので、二の腕や太ももあたりが皺《しわ》っぽくたるんでいる。体重が減っても、体形が若い頃のように戻るわけではない。私としては、歳を取ってあまり痩せているのは好きではないので、身長百五十センチそこそこだと、体重が四十八キロ前後がベストかしらと考えていたのが、その私が考える理想体重を超えて、体重は減る一方だ。

「なぜだ！」

　理由はわかっているけれど、そう叫びたくなるほど体重は落ちていった。

　三十分ほど歩くとすぐに汗が出るし、毎日続けている半身浴でも汗が出る。以前より

も水分の摂取量は少ないのに、

「まだ出るのか？」

と自分の体を問い詰めたくなるほど、出る。

漢方薬局に通った当初もじわりじわりと体から水分が出ていくのは感じていたが、これほど体重は減らなかった。数十年の間、体内のドブがゴミで詰まって、少しずつしか流れなかったのが、こまめなゴミ掃除によって徐々に改善され、どっとゴミが流れ出はじめたのかもしれない。三食をちゃんと食べ、一週間に一度はおやつとして甘い物を食べているのに、体脂肪計の体重の数値は減り続ける。四十八キロになって、私としてはちょうどいい感じだったのだが、あれれと驚いている間に、体重はそれよりも落ちていった。このまま減り続けたら、骨と皮ばかりになるのではないかと、恐怖すら覚えたくらいである。

ずっと喪服を買い替えなければと思いながら、体調が悪くなったので買い物に行く気にもなれなかったのが、何とか試着も平気でできるようになったので、久々にデパートに行ってみた。家で着る服はほとんどインターネットで購入し、同じMサイズでも本当にさまざまなので、一般的な既製服のサイズでいうと、私はどれに属するのか、まったくわからない。何十年ぶりかで店員さんに測ってもらうと7号だった。一時は体重が五十キロを超え、下手をすると五十五キロ超えもありそうなときには、

「9号じゃ、下腹が入らないかも……。これからは11号かしら」

と不安になっていた。だいたい体重は五十三キロで落ち着いていて、必死にダイエットをして、五十一・五キロが限界だった。私が不安そうな顔をしていたのか、店員さんが7号と9号のサイズを持ってきてくれ、試着してみると9号だと大きかった。若い頃だったら、

「わあい」

と小躍りして、見知らぬ人の両手を取って、そこいらへんをスキップして回りたいくらいだろうが、この年齢になると、

「しぼんじゃったのね」

という感覚しかない。それでも体重は減っていく。五十三キロから四十八キロに減ると、五キロの余分な水分が出ていったことになるのだが、二リットル入りのミネラルウォーター二本と、一リットル入り一本を一度に持って歩けといわれても、それは難しい。しかし私はずっとそのような状態で生活し、またそれ以上に水を捨てようとしている真っ最中なのだ。

人生ではじめて、体調を元に戻したいが、体重はこれ以上、減りませんようにと願ったものの、体重は落ちまくり、四十三キロでぴたっと止まった。ものすごく体が軽かった。軽すぎて不安になった。強風が吹くと踏ん張れないし、風呂に入っても浮きそうな気がする。地に足がついておらず、腹が据わっていない、パワー不足の感じがちょっと嫌で、私のベスト体重ではないとわかった。

「本当に大丈夫でしょうか」

しつこくて申し訳ないなあと思いながら、先生に再びたずねた。

「三食ちゃんと食べているのだから、大丈夫ですよ。心配だったらおやつに、小さなおにぎりでも食べてください」

たまにおにぎりも食べ、三食、鶏肉、魚も含めて、きちんと食べる習慣を続けていたら、少しずつ体重が戻り、晩ご飯を済ませてお風呂に入る前に測ると、四十八・五キロで止まるようになった。ＢＭＩ指数というものがあって、体重（キログラム）をメートルで換算した身長の二乗で割った数が、22になるのがベストらしい。私の場合は22よりも少し軽いけれど、体重が止まった数値がそれとほぼ同じなのにも驚いた。ちょっとご飯を多く食べても太らないのに、甘い物を続けて食べると、あっという間に太る。しかし甘い物を控えると、またすぐに元に戻る。私の体が水分を溜め込みやすいのがよくわかった。ちょっとのことにも体が変化するようになったのが、大事にならない第一歩なのだろう。

ダイエットに成功したといえば、そうなのかもしれないが、体重が減っても骨格に変化は現れていないので、スタイルがよくなったわけではない。胴長短足はそのままだし、全体的にしぼんで小さくなった気はするが、元気ならばそれでよしと考えることにしたのだった。

みんな食べる物に関心を持たなさすぎると、先生はいつもいう。何が流行か何が安いのか、どの店が人気があるのかには関心があるのに、その食べ物の質については考えていない。コンビニとファストフードの台頭が、日本人が体調を崩す原因になったともいわれているが、もちろんそれらがすべて悪いわけではない。食べる側が頭を使わなければいけないのだというのである。

「現代の人は脂と甘い物、冷えた物が好きなんですよね。食べたい物ばっかり買い過ぎると思います」

買い物に行ったときに、私は必ず添加物のチェックをするので、ラベルと消費期限、賞味期限を確認する。それが当たり前だと思っていたけれど、幼い子供がいるお母さんに、

「ラベルなんて見たことないです。値段だけしか見ないから」

といわれて、びっくりしたことがある。気にしない人は気にしないのである。

「消費期限、賞味期限のない食品って何か知ってます？」

そんなものがあるのかなあと考えていたら、先生は、

「アイスクリームがそうなんですよ。氷菓類は期限がないんです」

と教えてくれた。

「えっ、それじゃあ、五年前、十年前のものでも大丈夫っていう……」

「そういうことですよね」

何年も経てば、いくら基本が氷であっても変質するような気もするし、アイスクリームだったら、卵黄や乳製品も入っているのだから、あぶないのではないか。

「まあ、現実には商品が売れて、随時仕入れを繰り返しているから、そんな昔のものは売ってないでしょうけど、根本的にそういう食品は怖いんですよ」

今は自分でもびっくりするほど、甘い物と同じく、アイスクリームに対する熱愛も鎮火している。会食でデザートとして出てきたときや、猛暑のときに我慢できずに、一個か二個買うくらいで、アイスクリームからも遠ざかってしまった。でも、食べるとやっぱりおいしいし、顔がほころんでくる。

先生は、暑いときに食べるのはまだしも、最近は寒い時期でも食べる人が多くなったので、これが困りものだという。私も冬場のちょっと暖かい日に、コンビニから出てきた親子が、全員アイスクリームを手にしていたのを見た。三歳くらいの子供にも大人と同じ一個を持たせている。アイスキャンデーではなく、コーンに入った大きなアイスクリームだった。冬の日としては暖かいが、二十五度も六度もあったわけではない。なの

にちょっとでも暖かくなると、すぐに冷たく甘い物を求めるようになったのだ。

「最近は、お酒を飲んだ後、体が温まるとどういうわけか冷たい物を食べたくなって、アイスクリームを食べる人が多いんですってね。せっかく冷えた体が温まったっていうのに、お金を遣って内臓を冷やすなんて、本当にもったいないです」

先生の知人の娘さんが有名なアイスクリーム店でアルバイトをしていて、

「冬場は暇でしょう」

と聞いたら、

「いいえ、夜の十時過ぎからお客さんが増えて、大変なんです」

といっていたという。飲み会を終えた人々がひっきりなしにやってきて、店内が酔っ払いでいっぱいになってしまうのだそうだ。

「暑いときは冷たい物を食べ、寒いときも冷たい物を食べる。これじゃ体が温まるときがないです」

確かにそうである。

私は体は食べ物でできているのだから、素材や調味料には気をつけているつもりだったし、体調が悪くなってからは、余分な水分が溜まらないように気をつけるようにもなった。それでも先生に一週間に一度、会うなり、

「顔が黄色いですね。何かありましたか」

と聞かれたりする。いちおう出かけるときは化粧をするので、顔が黄色くなっていれ

ば自覚もあるが、自分ではわからないくらいの黄色が、顔面ににじみでているらしい。「五行《ごぎょう》の配当表」というものによると、黄色は胃の具合が悪いときに出る色になっている。ちなみに青は肝臓、赤は心臓、白は肺、黒は腎臓になる。先生によると町を歩いている人の顔色を眺めていると、黄黒い人がとても多いといっていた。

先生から顔が黄色いといわれたときは、必ず食べ過ぎていた。それを正直に白状すると、

「ああ、それならね」

といわれる。理由があるのなら問題がないそうだ。理由をなくせば元に戻るからである。なかには、

「食べ過ぎていませんか」

と聞いたのに、

「いーえ、ぜんぜん」

と不思議そうな顔をする人もいる。

「自覚がないっていうか、それが当たり前になってしまって、わからなくなっているんでしょうね」

いつも食べ過ぎについて頭を悩ませている私は、

「でも、自分の適量がどれくらいかって見極めるのは、本当に難しいです」

と先生に話した。

自分の家で玄米を精米して、土鍋で炊いたご飯はめちゃくちゃおいしいので、ついついたくさん食べたくなる。しかし私の一日の消費カロリーを考えると、三食ご飯というのは、量が多すぎるらしい。座業だし年齢も上なので、そんなにカロリーは必要ないのである。

とても面倒くさがりなので、私に最適な一日の食事パターンのようなものがあれば、それに従って料理を作れて、楽なのになあと調べてみたら、「食事バランスガイド」をはじめ、いろいろなバランスのよい食事を摂るためのヒントを与えてくれるサイトがあった。

「食事バランスガイド」はコマの形をしたイラストに、自分の活動量から割り出した一日のサービング数を主食、副菜、主菜、牛乳・乳製品、果物に分けて記入して、コマのバランスが崩れないようにするというものだ。ただし外国のテキストを基にして、日本風にアレンジしたのか、サービングという言葉がなじみにくい。一つ、二つというふうに変えてはいるがわかりにくい部分もある。たとえば主食でいうと、サービングの一つ分は、ご飯小一杯、おにぎり一個、食パン一枚、ロールパン二個。二つ分はうどん一杯、もりそば一杯、スパゲティひと皿。主菜の一つ分は冷や奴、納豆、目玉焼き。二つ分は焼き魚、魚の天ぷら、まぐろといかの刺身。三つ分はハンバーグステーキ、豚肉の生姜焼き、鶏肉の唐揚げ。しかし他の主菜ではどうなのか、ピザとかお好み焼きなどはどうなのかとか、いろいろと疑問がわいてきた。朝食はともかく、仕事で外食が多い人は、こういったもののほうがわかりやすいかもしれない。

女子栄養大学の「四群点数法」は昔から知っていたが、とにかく先に数字が出てくると、頭が混乱する性格なので、今まで敬遠していたが、よく読んでみるととても合理的にできていた。

80キロカロリーを1点とした、食材の組み合わせで、こちらは自炊に向いている。第1群の乳製品、卵で3点。第2群の魚介、肉、その他の加工品、豆、豆製品で3点。第3群の野菜、芋、果物で3点。第4群の穀類で9点、油脂で1・5点、砂糖は0・5点、合計で20点、1600キロカロリーが基本になっている。これをもとに、年齢、性別、身体活動レベルで摂取するカロリーを修正しなくてはならない。私は還暦間近で座業ばかりで身体活動レベルが低いので、一日の点数は19・2点になった。減ったのは魚介、肉、穀類、砂糖で、穀類はたとえばご飯百五十グラムと食パン一枚とスパゲティの乾麺六十グラムが一日分である。まあ、今と同じか、やや多いくらいの量なので、問題はない。

自分にふさわしいカロリーが決まれば、一日の各食材の食べる適正量がわかるので、それに従って調理すれば、一日に必要な栄養素が摂れるシステムになっている。たとえば私は第2群の魚介、肉、その他の加工品枠からは、一日に1・5点摂る必要があるのだが、1点に適合するのは、鶏モモ皮つき四十グラム、豚モモ三十五グラム、豚ヒレ七十グラム、鮭六十グラム、本マグロ六十五グラム、鰺《あじ》六十五グラムである。牛タンは1点三十グラムなので、四十五グラム食べてしまうと、私と同じカロリー摂取枠の人は、それだけで一日分の魚介、肉ジャンルは終了ということになる（『食品80キロカロリーガイドブック』女子栄養大学出版部による）。私は何十年も行っていないけれど、焼き肉店に行ったら、女性でもほとんどの人は、牛タン六十グラムだけで済むはずはない。若い人は食べていい量が増えるものの、考えているよりも、肉、魚介の一日の適正量は少なかった。それに最近の女子は肉好きで、毎日、肉を腹一杯食べても平気だし、なかには、

「鶏肉は肉ではない」

といいきる人もいるくらいだから、物足りないに違いない。

私の砂糖の適正量は一日、小さじ一強、四グラムだ。私は料理には砂糖を使わないし、前よりは甘い物に対する欲望もなくなってきたので、今ならばなるほどねと納得できるが、以前だったらこれについても、

「たった、これだけ？」

とびっくり仰天しただろう。ケーキを焼くのが趣味の人だと、一度に五十グラムくらいの砂糖は使うのではないだろうか。一日の適量だからといって、せっかく焼いたケーキを皿にへばりつくように薄くカットしたのでは、ちょっと悲しい。適量は適量として理解し、自分の楽しみで食べた分を、いったいどうするかというのが問題でもある。自分が食べる食べないは別にして、これらの〝ふさわしい食事ガイド〟におやつ枠はない。果物がおやつに相当するらしい。たしかに現代の食生活のように、食事がわりに菓子パ

ンを食べたりして、食事とおやつの内容がほぼ同一化していると、どうしてもゆがみが出てきて、体を悪くする人が多くなるのも、当たり前なのかもしれない。

毎日、三食自炊の私は、第3群の野菜に関しては、緑黄色野菜百グラム、淡色野菜二百五十グラムを目安に、それ以上は細かく考えない。また第1群については、私は牛乳に対して耐性がないので、飲むとお腹をこわしてしまう。ヨーグルトの選択もあるけれど、世の中でヨーグルトがよいといわれていることについて、先生は、

「冷蔵庫から出して、そのまま食べるわけでしょう。どうして体を冷やすものを、一年中勧めるのかわからない」

といっている。私は牛乳はだめでもヨーグルトは大丈夫なので、以前は国産の好きなヨーグルトがあって、それを食べていた。しかしいつしか店頭から消えてしまい、ヨーグルトはここ何年も口にしていない。昔の日本人はヨーグルトなんか食べていなかったんだから、いいんじゃないのと思いつつ、それでいいのかどうかはわからない。

ともかく自分の体は食べたものでできているのだから、できるだけ気をつけたいものだ。でもそのときの体調によって、どうしてもたくさんの量の野菜を食べたくないときがあるし、ご飯を減らしてでも、甘い物を食べたいときもある。そういうときはそうしている。一日くらい、いいじゃないかと思う。その一日くらい、が、毎日にならないようにするのが、私の試練なのである。

本当に昔と比べて食べる物が変わったと、先生と二人で話していると、

「服装も変わってきましたからね。昔は母親やおばあちゃんに、女の子は絶対に腰を冷やしたらいけないって、いわれませんでしたか」

と先生がいった。

「いわれましたよ。うちは祖母は同居していなかったので、母親にしつこくいわれました。冬場に毛糸のパンツを穿けといわれるのが嫌でねえ」

「小学校の高学年になって、スカートから見えると男の子から、『わあ、毛糸のパンツだあ』なんてからかわれたりして」

そのときはなんであんな不格好な物を穿かなくちゃならないのかとうんざりしたけれど、今になって、なるほどと納得する。腰が冷えるとどれだけ辛いか、今は痛いほどわかる。腰が冷えると、全身に不調が広がるのを実感し、また腰を温めたとたん、明らかに体がほっとするのを実感したからなのだ。

私が高校生の頃、若い人向きの服がたくさん世の中に出はじめた。うちの高校の制服は標準服という扱いで、強制されるものではなかったので、お洒落《しゃれ》な女子たちは、アンアンに載っているような服装で登校していた。服と同じように、かわいらしい下着も売られるようになった。私は性格が表面化していたのか、かわいいものは一切、似合わなかった。花のプリント柄や、フリルがついたタイプの下着にも興味はなかったけれど、体育の授業のとき、更衣室で他の女子の下着を見ては、

「へええ、そんなデザインや柄の物も売っているのか」

と感心していた。彼氏がいるお洒落な女子たちは、

「あんなおばさんパンツなんて、穿いちゃだめよ」

と布地の分量が異常に少ない三角パンツを穿いて鼻息が荒かった。それはそうだろうなあと彼女たちの話を聞きながら、へそまで届く立派なおばさんパンツを穿いていた私は、いつもこそこそと着替えていた。

お洒落な女子にはみんな注目するが、当時は私史上、最重量を誇っていたので、私なんぞには誰も注目しないのがかえって助かった。仲のいい友だちも、分量の少ない例のパンツに対して、

「あれはちょっとねえ」

といっていたのが、彼氏ができたとたんに、三角パンツに変わった。同じ女子として心情はとてもよくわかったので、裏切り者とは思わなかったし、実はおばさんパンツは私にとって、とても穿きやすいパンツだったのである。

まず安定感がある。特に肥満体にとってはこれは大事だった。駅に隣接した大型スーパーマーケットで、三角パンツを一枚購入して穿いてみたが、

「こんな不安定なものが穿けるか」

だった。歩いているうちに、脱げそうな気がする。試しにラジオ体操第一をやってみたが、ぜい肉が動くたびにずり下がっていくような気がして気持ちが悪い。実際は、ずれているわけではないのだが、感覚的にそんな気になるのである。おまけに三角パンツを穿いた自分の姿が、ものすごく格好悪い。腹のぜい肉がパンツのゴムの上にかぶさり、まるでまわしを締めた、アンコ型の力士のようだった。同級生の女子は彼氏ができると、三角パンツに手を出しはじめたのに、万が一、自分に彼氏ができても、こんな相撲取りのような姿は見せられなかった。

「これはだめだ」

もったいないと思いつつ、そのままゴミ箱に捨ててしまった。

お洒落女子は「おばさんパンツなんて」と馬鹿にしていたが、ウエストまであるパンツは、私にとっては快適だった。ダサいパンツでも、それなりに布地が若い人向きになっていたりして、三角パンツほど派手にかわいらしくアピールはしていなかったものの、おばさんパンツも静かにお洒落パンツへと脱皮しつつあるのだと、声を大にしていいたかったが、実際はいえなかった。

そんな若い頃の思い出話を先生にすると、

「おばさんパンツがいちばんですっ」

と力強くいった。

「今はねえ、いくら冷えるからっていっても、変えようとしないんです」

とため息をついた。町を歩いている女子の姿を見ても、昔は洋服の布地の厚い、薄いで季節感が見られたのに、今はほとんど変化がない。気候の変化もあるから仕方がないとはいえ、冬場でも、

「あんた、それで大丈夫なの」

といいたくなるような短い丈のスカートを穿いていたりする。私もストッキングを穿き、ふくらはぎ丈の薄手の布地のスカートを穿いた経験があるけれど、あまりの生地の薄さに、まるで穿いていないみたいだった。しかし今の女子のスカートは、やっと尻が隠れる程度の丈しかなく、生地は透けるように薄い。ペチコートだけで歩いているといってもいいくらいだ。

そして気候に合わせるよりも、とにかく自分のお洒落気分を優先したいらしく、強風が吹く春先の寒い日、多くの人たちが一度しまったダウンを取り出して着ているような日にも、足むきだしのショートパンツ。それを見ただけでも、全身が「ひょ〜」と寒くなってくる。若いときは元気だから、多少の無理はきくのかもしれないが、気温七度の日に生足《なまあし》でショートパンツには驚いた。

薬局には体調不良を訴える若い女性も来るのだが、全員、体の芯が冷えていると先生

は嘆いている。

「とにかく下半身を冷やさないこと。冬場にストッキングとパンプスはやめたほうがいいわよ」

といっても、

「うーん」

と反応が悪い。それじゃあせめてタイツにしたらといっても、

「タイツは格好悪い」

という。

「それを続けていると、体調はよくならないわよ。一生やめなさいっていうわけじゃないんだから」

と諭しても、首を縦に振らない。

「治す気になるかならないかは、彼女次第ですからね。本気になった人は従おうとするでしょう」

でもそういう女性はごく少数で、他の女子たちは、いつの間にか来なくなるのだという。

「毎回、食事の内容を聞かれたり、服装を考えろと、うるさくいわれて、うんざりするんじゃないですか」

先生は笑っていたが、自分が体調不良の原因を作ってしまったのだから、それ相当の

我慢をしなければ、体調を元に戻すのは難しいのに、彼女たちにはその我慢ができないのだ。まあそれも彼女たちの自由だし、体調をよくするのも悪くするのも個人の問題なので、他人は口出しできない。ただおばちゃんとしては、それなりの四季折々の温度変化に対応した衣服を着ていても、この歳になると不具合が出てくるのだから、若い頃にあれでは、この先どうなるのかと、文字通り老婆心ながら心配になってくる。大事にならないうちに、手を打っておいたほうが、後々、楽なのではないかなあと思う。

「うちにも不妊の女性がたくさん来るんですが、体を冷やしたいだけ冷やしてきてるから、低体温なんですよ。まず体温を上げないとはじまらないんですよね。ファッションから毎日の暮らし方から、それまでの生活環境を変えなくちゃいけないし。それに絶対に妊娠しなくちゃっていう精神的なプレッシャーもあったりするから、大変なんですよ」

体は食事によって冷え、服装によって体の外からも冷える。二重三重に冷やしているのに、そちらのほうが心地よくなっているので、変えようともしない。

「それで赤ちゃんが欲しいといわれても、それは難しいでしょうというしかないです。もちろんそれだけが不妊の理由じゃないけれど、せっかく妊娠しても流産したり、うまくいかないです」

女性だけではなく、男性の体も冷え、生殖能力も以前に比べて弱っているので、不妊に悩む夫婦が多くなっているのは、当たり前だというのだ。

「結婚して赤ちゃんを産みたいのなら、女性は特に体を冷やしちゃいけないんですけどねえ。それなのにお腹を覆うパンツや毛糸のパンツを穿きなさいといったら、かっこ悪いから嫌だって断られました」

冬場にテレビを見ていたら、渋谷を歩いている女性が冬でも明らかに薄着なので、どのくらいの枚数を着ているのかを調査していた。下はだいたいレギンスか、ミニスカートで、いわゆるフルレングスのパンツスタイルは、十代、二十代では皆無だった。そしてトップスはダウンを活用しているせいか平均三枚。しかもマフラーもスヌードもしないで、前を開けて胸元を見せている。寒くないかと聞かれると、

「冬でも肌見せをしないと、痩せて見えないし、首もとが開いてないのはダサい」

という。最近の女子は寒さを感じない体質なのかと思うと、家にいるときは寒いからと、十枚も重ね着している女子もいた。別に光熱費を節約しているわけでも、エコ生活を徹底しているわけでもないのに、吹雪の中を歩いてきたのかといいたくなるくらい、着ぶくれしてまん丸になっていた。家の中と外では真逆なのだ。

自室では何を着ていようが関係ないが、外では少しでも見栄えがいいようにと、薄着で肌を見せる。

「外出するときはお洒落もしたいでしょうから、それは否定はしませんけどね。彼女たちが汗を出すような生活をしていれば問題ないんです。でも汗をかくのは嫌いなんでしょう。そうなると水が溜まって体が冷えて、そのうえ甘い物も食べる。毎日の食事は悲惨だし。体の感覚も鈍くなっていくから、体の芯が冷えきっているのに気がつかない。最

近は、体を温めるようにといわれるようになってきたから、いい傾向ではありますけど。服装や食べ物に気をつけないとねえ。子供が欲しいのなら、若いうちから自覚してほしいです」

自分の二十代の頃を思い出すと、私も妊娠しにくかったかもしれないなあと思う。薄着や日常の食べ物程度のことで、そんな大事に至るとは考えてもいなかった。冷たい飲み物は苦手だったが、特にお鮨は大好物で、毎日食べたいと思ったし、冬場にいくら食べても平気だった。もちろん当時から甘い物も好きだった。

しかし今では、あれだけ好きだったお鮨への情熱も薄れ、年に一度、食べるか食べないかになった。食べるとやはりおいしいけれど、昔ほどではない。

「体が冷えるのがわかるようになったからでしょうね。でもお鮨には必ず生姜がついているでしょう。あれでバランスをとっているから、うまくできているんです」

何であっても、偏りすぎてはいけないということなのだろう。自分も若い頃は、腰を冷やすとよくないといわれても、右の耳から入って左の耳に抜けていた。なので若い女性がそうであっても、非難できるような立場ではない。でも何かを我慢しないと、何かが得られない、こういうことをすると、こうなるという物事の表と裏を、薬局にお世話になってから、今になって日々の積み重ねとしてより強く感じるようになった。彼女たちは若いときにそれを知ったのだから、もっと自分の体を思いやってほしいと願うばかりである。

週に一度、漢方薬局に行くと、何もいわれない日はほとんどない。

「お顔がむくんでいますね」

「目の周りがむくんでいますね」

など、

「私の体は完璧だ！」

というときは皆無といっていい。そのなかでいちばん多くいわれるのが、

「お疲れが溜まっているようで」

なのだが、自分ではこんなものだと思っているので、あらためていわれない限り、気付かないのである。

十年ほど前、ある集まりで参加者と写真を撮り、後日、その写真を送った。するとそのうちの一人から、

「お疲れのように見えましたが……」

とお礼の言葉の後に書き添えてあって、何だか腹が立ったのを覚えている。同年輩の

人と会うと、いつも元気な人なんてほとんどいない。たまたま会ったそのときに、体調がいまひとつの人もいる。会った日によって、同じ人でも元気だったり、どこか疲れた様子を見せたりしているものだ。私を見た人もそう感じているはずだ。でもみんな中高年になって、見たままを口に出すのは失礼だとわかっているので、胸に納めているのだ。

きっと彼女は私をいたわっているつもりでそう書いたのだろうが、今そんなことをいわれても、そのときの私が元気になるわけではないので、

「そんなこと、書かなきゃいいじゃないか」

と単純にむっとした。

またあるとき、たまたま見た雑誌の読者欄で、乗り物の中で席を譲るというテーマで投稿を募り、それについての読者の手紙が掲載されていた。譲ろうとした相手に、

「結構です」

と拒絶されると、気分的にせっかく浮かせた尻の戻しどころがなくなる。それをなくすにはどうしたらいいかという話なのだが、深く考えないで気にしないという意見が多かった。しかしそのなかで、

「とてもお疲れのように見えるので、お座りになりませんか」

と声をかけるという人がいた。その投稿者は、「今まで断られたことは一度もない」と自信満々なのだ。たしかに本当に疲労困憊《ひろうこんぱい》している人だったら、うれしいひとことなのかもしれないが、へそ曲がりの私は、もしも疲れていたとしても、膝が思いっきりが

くがくしていても、意地になって、

「結構です」

と断ってしまうような気がする。普通に、「どうぞ」と譲られたら素直に座らせていただくけれど、その余計なひとことに対しては、申し訳ないけれど、「あんたにそんなことをいわれたくない」と思う。さぞや将来、かわいげのない老婆になることだろう。

もともとは善意の気持ちから発しているので、難しい部分もあるけれど、他人に対して、それも初対面の人に聞かせてうれしくないマイナスの気分にさせる言葉をいって、物事のきっかけを作ろうとするのは、よろしくないのではないかと思うのである。

体調を整えてもらう先生にでさえ、

「疲れていますね」

といわれると、腹は立たないけれどがっくりくる。自分では無理をした覚えもないし、たしかに肩が張ったり、目が少し疲れたような気はするが、たいした問題だとは考えていない。しかし先生にしてみれば、習慣になっている、そのような小さいトラブルを放置しておくと大事になるので、毎回、そういった生活をしているといけないよと、釘を刺してくれているのだろう。

私に疲れが見えたとき、先生は、

「いつになったら休めますか」

と聞いてくれるのだが、仕事があるのでこれはスケジュールからはずせない。といっても毎日、ぎっちり仕事をしているわけではないので、あいている日もある。そんなときは仕事をしながら、気になっていること、たとえば積んである本を読むとか、襦袢の半衿つけとか、編み物などをやりたいなと考えている。私としてはそれが息抜きなのであるが、先生としては、「うーん」というところらしい。以前、先生から、やることは一日にひとつだけにするようにといわれていたが、なかなかそれを実行するのは難しいのだ。

今年の正月休み、いつもはまとめて裁縫や編み物をするのだが、珍しくそんな気にもならず、先生の言葉を守って、ぼーっと過ごしていたら、ものすごく体調がよかった。顔のむくみもなかった。しかし自分としては内容が何であれ、「やった」という充実感がなく、休みを無駄に過ごした感があったのも事実だった。

裁縫や編み物をすると、リンパマッサージのときに、

「いつもと凝り具合が違いますね。右のほうが集中的に凝っているのだけれど、ふだんと違うことをしましたか」

と聞かれた。針を持ったりかぎ針編みをすると、動かすのは主に右手だけである。棒針編みは両手を動かす。それによって体の凝りが違うらしい。たった一日やっただけで、肩が凝った自覚がないのに、体には変化が起こっていたのだ。

「理由があればいいんです。なかった場合が困るんですね」

理由がない場合は先生がまたあれやこれやと、症状への対処法を考えなくてはならな

くなるのだ。

もしも自分が三十代ならば、休めといわれたら、いくらでも休んでしまうだろう。しかしこの還暦間近になって、休むというのはなかなか難しいものがある。平均寿命を考えて、あと何十年というリアルな問題も出てくるし、自分が元気なうちにやりたい趣味もいろいろとある。それをやめて、たとえば九十歳まで生きたとしても、不毛な人生のような気がする。人の体を見る先生の立場としては、できるだけよい体調を維持させる方向に持っていきたいのは当然だろうけれど、私としては、あいた時間は自分の楽しみに使いたいと思う。それで多少、肩が凝っても、目が疲れても、仕方がないのではないかと考えている。それによって先生にはまたお手数をかけてしまうわけだが、それについても、「まあ、仕方がない。許してくだされ」とお詫《わ》びするしかないのだ。

私の仕事も趣味もインドアなので、アウトドアでやる運動がいいのかというと、そうでもないらしい。散歩も避ける時季はあるけれど、ほぼ毎日している。それも先生には、ほどほどにといわれている。散歩もただ長く歩けばいいものではなく、私は陰の気がやや強いので、自分の体に合わない過度な運動をすると、せっかく体にある陽の気が抜けて余分に疲労するのだという。

「長湯したときの湯あたりと同じ状態です。あとで陽気は入れられるのですが、やはり無理しないほうがいいです」

誰でも運動が適しているわけでもないし、個人個人、適した運動量が違う。私の場合はなるべく陽気を減らさないように、体を温めて激しい運動は避けるのがよいらしい。またどの体質の人にも過度のストレスはよくないと聞いたので、私は趣味を我慢するのをやめたのだ。やりたいのにやらないほうが、体は疲れなくてもより辛い。前に先生にいわれたように、

「何でも、七、八割でやめておくのがいい」

が守れればいいのに、それがいつまでたってもできないから、自己嫌悪に陥るのだ。

「休むのは緊張をほぐすという意味ですから。仕事でも趣味でも、体のどこかは緊張し続けているでしょう。その後は、ちゃんとゆるめないと」

一日のうちで脱力しているときがあるかと考えると、入浴時か寝ているときしかない。入浴時はともかく、寝ているときは飼いネコに起こされたりして、思うように睡眠が取れない日もある。体がゆるまないと疲れが取れないので、気をつけなくてはいけない。

「血流が妨げられたりするから、体を締めつける衣服もよくないんですよ。若い人のなかには体形が崩れるのが嫌だって、寝るときもブラジャーとガードルをつけている人がいるらしいけれど。それでは体が緊張し続けてしまいますよね」

今から二十数年前、そのとき連載をしていた雑誌の女性編集者から、私と同年輩の彼女の友人が、体調が悪くなって産婦人科に行ったという話を聞いた。その原因がきついビキニパンツで、卵巣の位置を締め続け、圧迫していたせいだった。医者から、

「すぐにウエストまであるパンツに替えるように」

といわれたらしい。友人からそれを聞いた彼女は、

「だからビキニパンツはやめたんです」

といっていたのだった。

筋金入りのおばさんパンツ愛用者だった私は、「ああ、私は大丈夫そうだ」と胸をなで下ろしたのであるが、たかがパンツで、そんなに体に影響があるのかと驚いたものだった。きっと穿いていた彼女は、ファッション的にもおばさんパンツよりもお洒落だし、何とも思わなかったのに違いない。急に体調が悪くなるわけはないから、徐々に症状が悪くなっていたのだろうが、まさかその原因が、毎日気に入って穿いているパンツだとは思わなかっただろう。考えてみればウエストは締めても問題はないが、穿き込みが浅いビキニパンツには、人体の構造上、締めてもいい場所にゴムの位置がないような気がするのだ。

先のパンツの話にもつながるけれど、私は更年期といわれる年齢に突入してから、下着の着用感に異常に神経質になった。最初は縫い目が肌に当たるのがものすごく嫌で、裏返しにして着ていたりもした。ウエスト回りのゴムの具合が気になりはじめると、嫌でたまらなくなってきた。尻回りに比べてウエスト回りはそれほど太いわけではないのに、買ってきたままのものを穿くと、異常にゴムがきつかったりする。また見栄えの問題なのか、中にゴムが通してあるのではなく、ゴムがミシンでたたいてあるタイプだと、それが肌に直接当たって、痒くなった。

肌着は必ず身につけるので、毎日、嫌だと感じているのもストレスと思い、ウエスト部分のゴムが入れ替えできるものを探して買うようにした。そして自分が心地良いゆとりのゴムの長さに入れ替えて穿く。ファッション性は皆無である。おまけにウエストもゆるゆるになるけれど、不愉快な圧迫感を感じなくて済む。オーガニックコットンのパンツで、穿く人の好みに合わせられるように、ウエストのゴムが仮結びになっていて、調節ができるパンツも売られていた。「何と細かいところにまで、神経が行き届いているパンツなのか」と感激して、それも愛用している。

気付かないうちに、ゴム一本が体を緊張させている場合もあるかもしれない。なので私の肌着やらパジャマのゴムは、ゆるゆるである。新しく購入したものを穿いてみると、まず私好みのゆるさではないので、ゴムを替える。なのでパンツだけではなく、ウエストにゴムが入っているものは、みんなゆるゆるである。多少ゆるくても、腰骨で絶対にひっかかるので脱げない。体の解放ということで、一度、ノーパンで寝るのも試してみたが、こちらのほうは不安感がつのってきて、別のストレスが溜まりそうだったのでやめた。

「緊張したら、その分、体をゆるめられれば問題がないんですけどね」

先生はいつもいう。私のゴム入れ替え作戦がどれだけ効果があるかはわからない。そしてそれが疲れにどれだけ好影響を与えているかは、いまだ実験中なのである。

私は西洋医学よりも、自分が生まれた地域の東洋医学を信用したくなるタイプである。かといって西洋医学を全否定しているわけではない。医学の研究によって昔は不治の病といわれたものでも完治するようになってきたし、なるべく患者に負担をかけないような治療法も日々開発されているし、それによって命を救われた人が数多くいることも承知している。しかし何でもそうだが、それが完璧かというとそうではないのだ。

私は子供の頃とても体が弱く、三歳の時には両親が医者から、

「この子はあきらめてください。万が一、助かったとしても、こんなに高熱が続いたら、障害が残るでしょう」

といわれるほど、危険な状態にもなった。小学校に入学するまでは、今でいえばハウスドクターとは縁が切れず、まるで親戚のおじさんの家に行くような感じで、通院していた。そのときは子供だったので、どんな治療がいいか悪いかもわからず、親にいわれるまま薬を服用していたが、小学校に入学してからは風邪はひいたりしたものの、特別、病弱でもなく、ごく普通に生活していた。

大人になってからも、風邪をひいて喉を腫らしたりすると、近所の病院に通っていた。本を読んで漢方には興味はあったけれど、自分の生活圏内には漢方の薬局も医院もなかったし、治るのであればどこでもいいやと考えていた。会社に勤めていた二十代のとき、どうしても咳が止まらなくて、家の近所の耳鼻咽喉科に行った。そこの中年の女医はいつもいらついていて機嫌が悪かった。そして全然、咳が止まらないと私が訴えると、彼女は私の喉を診て、

「どうして治らないのよ！」

とヒステリックに怒鳴ったのである。そんなことをいわれても、それはこっちが聞きたいよと思いながら、通うのはやめてしまった。いくら治療をしても治らないのは、私としても心配になってきた。ちょうどそのとき会社にお手伝いに来てくれていた女性のご主人が耳鼻咽喉科の開業医だというので、彼に診てもらったら、その一回だけで咳はぴたっと止まった。単純に女医の見立てが悪かっただけなのである。

このとき医者を信じすぎてはいけないとつくづく思ったのと同時に、医者はいつも何でも治してくれるわけではないのだと悟った。きっと患者として同様の思いをした人たちがたくさんいたので、インフォームド・コンセントやセカンド・オピニオンという言葉もいわれはじめたのだろう。そして「患者」と呼んでいたのが、「患者さま」になったときは本当に驚いた。

その後も病院でもらった薬を服用すると、よけいに咳がひどくなったり、体調が悪く

なったりするので、医者からは、

「それではあなたには薬は出せないですね」

といわれるようになった。ということは、病院に通う必要はないのではと判断して、それ以来、私はとにかく体を休め、外ネコのように自力で治す方向に向かった。どうしても治らないときは、散歩の途中に偶然見つけた漢方薬局でエキス錠を購入した。そんな具合で済んでいたのが、このたびはどうやっても体調が回復せず、とても自力では無理だと、こちらの漢方薬局のお世話になったのだ。

「漢方を頭から信用しない人もいますからね」

勉強を深めていくと、占いの要素が出てくるので、科学的に説明がつかない部分も多い。霊だの祟《たた》りだのと同様に、スピリチュアルなものと思う人もいるようだ。しかし漢方が眉唾なものだとしたら、現代まで残っていないはずなのだ。西洋医学があれだけ進歩しているのだから、怪しかったらとっくに淘汰《とうた》されている。それでも残っているのは、明らかに西洋医学ではカバーできないところがあるからなのだ。

「飲むのは草や木の汁だし、保険はきかないし、こいつら何やってんだっていう考えなんじゃないでしょうかね」

先生は苦笑した。私は薬局にお世話になったおかげで、自分の生まれ持った体質がわかったし、生活のなかで避けたほうがいい食べ物や事柄などを教えてもらったので、とてもよかった。体全体を見てもらったほうが、私には向いているような気がした。

漢方についての本は読んでいたが、詳しくは何も知らない二十年ほど前、仕事で北京に行った。そこで自分用と友だちのおみやげに、鹿の角と霊芝《れいし》が配合された漢方薬を購入した。滋養強壮になると聞いたので、日本に戻って試しに一カプセル飲んでみたら、私には強すぎて元気になるどころか胃が痛くなったので、二度と箱は開けなかった。おみやげにあげた友だちにも、その話をすると、

「Qさんにもあげたでしょ。追加で送ってあげたらいいわよ」

といわれた。

関西に住んでいるQさんのお父さんは当時六十代後半だったが、体調が悪くなって病院に行ったら、すでに末期の癌で手の施しようもなく、三か月と余命まで宣告されてしまった。それは本人には伝えず、お母さんとQさん兄妹は、いつ何が起こってもいいように、密かにお葬式の準備までしていた。私は何も知らずに送ったのだが、彼女がお父さんのお見舞いに行ったときに、こんなものをもらったよと見せたら、滋養強壮の効果があると知ったお父さんが、

「おう、飲んでみる」

と飲んでしまった。病院で勝手にあれこれ飲むのは今は禁じられているけれど、当時はそのへんが緩やかだったのか、お父さんがそれを無視したのかはわからない。二、三日すると、お父さんが、

「これを飲むと調子がいいような気がする」

といっているというので、友だちは自分の分をQさんのところに送ったといっていた。私も自分では服用できないのでQさんのところに送り、お父さんに飲んでもらうことにした。するとそのせいかどうかはまったく根拠もないし、わからないのだが、お父さんの体調がどんどんよくなって退院してしまった。

「こんなに元気になったのに、いつまでここに泊まらせておく気じゃあ」

と病院のベッドの上で気炎を上げていたらしい。

薬をあげた私も半信半疑だった。理由は何であれ、ともかくお父さんが元気になったのは喜ばしいことだった。彼が元気になったのは、「滋養強壮の漢方の薬を飲んだ」というプラシーボ効果かもしれないが、病気は相変わらずかかえているものの、趣味の大工仕事もできるようになった。入院前には毎日、二個ずつ食べていた大福餅も復活した。Qさんの学生時代の知り合いが、北京と日本を行ったり来たりしていると知って、同じ薬を買ってきてもらい、お父さんは服用し続けていた。

そして翌年、阪神淡路《あわじ》大震災が起こった。幸いQさんの家にはたいした被害はなかったのだが、お父さんは被災した知人のために、自転車の荷台に水と食べ物を載せて、丸一日、何日も走り回っていると聞いた。二年後にお父さんは亡くなったのだけれど、余命三か月だったのだが、三年も生きていられたのは、お父さんの前向きな性格もあるだろうし、もしかしたら自分の状態を知らなかったので、ショックを受けなかったからかもしれない。おみやげの薬も、飲んで体調がよくなったといっていたので、それなりにお父さんにはよい結果をもたらしたのだ。

薬は信頼できる通訳の女性が紹介してくれた店で購入し、それほど安価でもなかった。けれども店に行けば買えるものなので、漢方医が処方するほどの成分を含有していなかったのではないか。漢方薬初体験だった私と友だちは、

「何だかわからないが、効いたようだ」

という印象を持ったのだった。

先生によると、漢方で癌は治せないが、手術を拒否した人、また術後のケアとして、とにかく体を冷やさないような処方をするという。それによって病気をかかえながら、元気でいられる人もいるけれど、みんながみんなそうはならない。

「残念ながら亡くなられる方はいらっしゃいますから」

どんなものでも万能薬などないのだ。

私は不調が治ったので、自分が処方された、草木の汁である煎じ薬の「人参湯」は効いた実感がある。先生からは、

「とにかく疲れは溜めないように」

といわれているので、ちょっと疲れたと感じたときに、早めに「牛」(牛の胆石)を飲んでおく。第3類医薬品として一般的に売られている「霊黄参」という薬だ。高価なので、気軽に常用するわけにはいかない。逆に薬の値段が高いと、なるべくそれを飲まないようにしようと、養生したり節制したりするから、一石二鳥かもしれない。この薬

も私には効いた実感があった。

そんな「牛」と並んで「鹿」も使われる。私も薬局にお世話になった当初、

「オーバーワークでとても疲れていますね」

といわれて、二度ほど「鹿」のカプセルを飲んだ記憶がある。

「腎臓の働きが悪かったり疲労感が強いときには『鹿茸《ろくじょう》』を使うのですが、それを処方した人から電話がかかってきて、『ネコが薬を食べちゃったけど、大丈夫でしょうか』っていうんですよ。帰ってきて煎じ薬をテーブルの上に置いておいたら、飼っている高齢ネコが飛んできて、薬袋をばりばりと破って薬を食べちゃったんですって」

先生はネコは自分から危険なものを食べようとしないから、様子を見て体調に変化がないのなら、大丈夫でしょうといったそうだが、私には納得できた。

ネコは高齢になると腎臓が悪くなるといわれているので、きっとそのネコは本能的に、

「これ、体にいいっ」

とわかったのではないか。それでネコの体調がよくなったかはわからないが、「鹿」の成分は腎臓に効くある種の証拠になった気がした。しかし以前、私が服用したときには、「牛」ほど効いた実感がなかった。きちんと睡眠が取れたから体調がよくなったのか、それが「鹿」のおかげなのか判断できなかった。試しにうちのネコはどうかしらと、家にある「鹿」のカプセルを開けて、ネコの鼻先に持っていってみたが、何の関心も示さなかった。十五歳の高齢であっても、まだ腎臓の機能には問題がないのかもしれない。

この「鹿」も「霊鹿参《れいろくさん》」として、「牛」と同じように一般的に売られている。またこれも「牛」と同様に、高級チョコレートみたいな値段なのだ。値段にびっくりした拍子に、それが刺激になって体調が悪いのも治ってくれればいいのだが、そううまくはいかない。稀少《きしよう》なもの、質のいいものが高価なのは仕方がないが、気軽に服用できるようなものではない。やはりなるべく飲まなくて済むように、日々、無理をしないで養生、節制するしかないのである。

体調が悪くなったとき、何に信頼を置くかというのは、人それぞれだ。西洋医学でも漢方でもいい。基本は自分の体を見てくれる人が信頼できるかどうかしかない。漢方の先生がみんないい人とは限らないし、プライベートにも立ち入られるので、先生と肌が合うかという問題もあるだろう。ケミカルな売薬、漢方系の「牛」や「鹿」で乗り切る人もいるだろう。生き物には永遠の命はないのだし、それまで自分が選択し納得して過ごすことが、大事なのだと思うのである。

体に水が滞る体質の私としては、暑さにだれるけれども、汗が出てくれるので、夏は冬よりも比較的体調がいい。漢方薬局にお世話になる前から、無意識に体を冷やさないようにしていたのか、夏でも氷が入った飲み物は飲まなかった。アイスクリームや氷は食べたけれど、その後は必ず温かい飲み物を飲んで中和していた。それでも体が冷えて汗を出す機能が衰え、排出できない水が少しずつ溜まり続けて、五十代半ばになって不調となって現れたのだ。

　最近は梅雨時から熱中症予防として、水分を摂れといわれる。梅雨から夏場だけではなく、一年中、水を飲むのを勧められている。二リットル飲めなどといわれた時期もあった。やっと、

「体調に合わせて少しずつ飲むように」

といわれるようになったが、当初は、やたらと飲め飲めとうるさく、まるで大学の新入生歓迎コンパのようだった。水分不足を自覚しにくい子供や高齢者は、梅雨時から夏が終わるまでは、少しずつ水を補給するのは必要だけど、それ以外の季節に私のように

水が滞る体質の人が、めったやたらと飲むのは問題だろう。

私の推測だが、まず「とにかく水を飲め」とテレビで勧める医者がいた。しかしなかには、

「それはちょっと……」

と感じた医者もいたはずなのだ。でも世の中は、大声でいった者勝ちの「水飲み」志向になっていたので、ここで表立って反論するとよろしくないと判断し、やや盛り上がりが沈静化してから、こっそりと、

「でも、そんなに飲んだらだめですよー、ちょっとずつ飲みましょうね」

と小声で反論するようになった。医者にもいろいろな考え方の人がいるので、簡単には反論できない事情があるのだろう。それを受け止めるこちら側も、すべて鵜呑みにしないで、冷静に判断する必要があるのだ。テレビで健康法を紹介していたとしても、一人ひとりの体質は違うのだから、万人に向くわけでもなく、その業界が宣伝してもらいたいがために、裏であれこれ操作した可能性だってあるのだ。

薬局に通う前、私は今よりも一・五倍くらい水分を摂っていたが、先生に体質から考えると飲み過ぎるといわれたので、世の中の「水を飲め」風潮に逆らって水分を減らした。最初はこのままでは脱水症になってしまうのではないかと疑い、我慢するのは辛かったけれど、水分を制限したら体調が悪くなるどころか好転した。冬場はそれほど水分について考えなくてもいいのだが、問題は夏である。いったいどれくらい飲んでいいのや

らわからない。以前、舌をベーっと出して、水分量をチェックする話を書いたが、毎日、舌出しをして確認する日々が続いている。

不思議に思うのは、私は中学生のときに卓球部に所属していたが、部活中の水分補給は禁じられていた。屋内屋外の関係なく、運動部はすべて同じだった。なのに熱中症で倒れたという話は聞いた覚えがない。おまけに卓球部は、梅雨時、真夏に関係なく体育館の暗幕を閉め、ピンポン玉への影響が出ないように、窓や戸を開けるのも最小限にして部活を続けていた。高温多湿の見本みたいな場所で運動していたのに、みんな元気だった。当時の私たちの体質と、今の若い人たちの体質が違うのか、温暖化のせいで当時よりも高温多湿になっているのかはわからない。部活での運動量はそれほど変わっていないだろうに、

「水を飲むのを禁止されても体の具合が悪くならなかった私たちって何？」

と首を傾げるのだ。

「うーん、昔とは気候が違っているんでしょうね。日中は暑くても、夕方から夜にかけて、すーっと気温が下がったものだけど、今は夜になっても気温が下がらないですからねえ。熱気がこもっていて抜けるときがないんですね。今の人が汗をうまくかけなくなっているということもあるんでしょうが」

先生は汗をかくことで体内の温度を下げるのに、今の若い人が汗を恥じるなんてとんでもないと顔をしかめる。

「だいたい汗を止めるなんて、せっかく体のために汗を出そうとしているのに、それに蓋をするなんてどういうことなんでしょうか」

ただでさえ冷暖房の普及で汗をかきにくくしているうえに、それでも汗を出そうとしている体の機能を、制汗剤で止めようとする。

「そういうことをしているから、汗が臭くなるんです」

「そういえば最近のデオドラント商品の数ってすごいですよね」

汗を止めた結果、体内に溜まって臭くてべたつく汗になる。そういう汗が出ると気持ちが悪いので汗を止めようとする。悪循環なのである。どこかでそれを断ち切らないと、永遠に体からは臭くてべたべたする汗が出て、デオドラント商品が手放せなくなる。

「水を飲めというのも、体の外に余分なものが出るという前提の話ですからね。それができにくい体質の人が、どんどん水分を入れていったら、体に支障が出るのは当たり前なんですよ」

私は自分が飲みたいと思った分だけ飲んでいたが、それでも量が多過ぎると注意された。ところが「水飲みの勧め」だと、飲みたくないのに飲んだほうがいいように受け取れる場合も多かった。

「昔に比べてはっきりしなくなったとはいえ、日本には四季があるので、それによって食べる物、飲む物は変えるべきなのですね。少なくとも夏と冬はあれだけ気温差があるのだから、変わって当たり前なのですが、今は一年中一緒でしょう。とはいっても夏に冷たい物を食べるのも、ほどほどにしておかないと、やはり体をこわす要因になります」

私は酒を飲まないのでわからないのだが、燗酒《かんざけ》は問題なさそうだが、ビールには氷を入れないので、まだ大丈夫なのかしらと思っていたが、最近はフローズンビールが登場してきた。冬でもアイスクリームを食べる人は多いから、暖房の利いた店でフローズンビールを楽しむ人も出てくるかもしれない。

「飲食してもいいのですが、その後、ちゃんと後始末ができればいいんです。でもそうはならないんですよね」

私が毎日甘い物を食べるのが、いつの間にか習慣になってしまっていたように、お酒を飲む人もそれと同じなのだろう。そうしないと何か物足りず、満足感がない。「毎日」を「たまに」にするのは、私の経験上、とっても大変だった。最初は我慢し続け、身悶えの連続だった。といっても私は自分のペースで仕事ができる職業なので、ストレスもそれほどないが、会社に勤めているとそうはいかないので、身悶えして我慢するよりも、目の前のすっきりする気分を優先してしまうのも仕方がない。私のように明らかに不愉快なほど体調が悪くなっていたのなら、我慢して体調を元に戻すしかないけれど、ちょっと疲れたくらいの自覚症状なのに、自分の好きな物、楽しみにしている食べ物や酒類をずっと我慢し続けるのは辛いだろう。でもそれが年々重なると、将来、大事になる可能性があるのだ。

甘い物への我慢で身悶えし、週に一度、リンパマッサージに悲鳴をあげるのに耐え続け、胃を温める漢方薬を飲み続けた、私の丸四年の結果は、当初の五十三キロの体重から、四十八キロになり、そして今は四十五、六キロというところだ。これだけ減ったのだから、元の体重にまでとはいわないが、五十キロくらいまでなら、物を食べても大丈夫なのかと期待していたが、体重が二キロ増えただけでも、体調がいまひとつになる。まず顔がむくんだ感じになるし体も重い。五十三キロの頃に比べたら、顔回りのたるみも少なくなったのに、それなりに過食をすると、むくむのだ。快調な体重域が広がったわけではなく、減った体重なりの新たな範囲が体内に設定されたのだ。五十キロを超えていた頃は、

「四十五キロなんて、ガリガリじゃないの」

と思っていたが、実際はそうではない。年相応に肉がついている。先生に、

「また少し体重が減りましたよ」

と話すと、

「四月から六月にかけては、汗をかくようになるので、体重が減りやすいんです。夏になると体が疲れがちになるので、そうはいかない。問題はないんじゃないですか」

といわれた。年々、歳を取れば取るほど筋力も落ちていくし、私は小一時間の散歩はするけれど、筋力を増やすような運動は特にしていないので、もちろん限度はあるけれど、体重は重くなるよりも軽くなっていったほうが脚力への負担がないかも、と考えるようにした。

高齢になると歩けなくなる人が多いので、最近は健診でふくらはぎの円周も測るようになったところもあるようだ。あまりに細いと将来、歩けなくなる可能性も高いらしい。たまにびっくりするくらい細い足の女性を見かけるが、ファッション的にいえば、みんなからうらやましがられる足なのかもしれないけれど、将来の危険性は大だ。私は太くても細くても、筋肉がちゃんとついている、アスリートの足がいちばんきれいだと思うのだけれど、ファッション優先の女性たちにとっては、筋肉は邪魔以外の何物でもない。とにかくすーっとしてまっすぐな、お人形さんのような足が理想なので、ふくらはぎや太ももの盛り上がりなど不要なのである。女度が高いひらひらした服には、肉厚のしっかりした足は似合わないと考えているのだ。

おばちゃんの私にとっては、毎日、体に不快な症状が出ず、ごくごく普通に暮らせればそれで御の字である。でも快適に過ごせる体重の太れる範囲が二キロというのは、正直いってちょっときつい。以前よりは明らかに食べる量が減ったのに、甘い物を食べる回数が増えたり水分や食事の量が多めだと、てきめんに体重が増える。そして自粛するとすぐ元に戻る。一キロ二キロの増減は簡単になったけれど、もうちょっと枠を広げてもらえるとありがたい。あれだけ我慢したのだから、ご褒美としてせめて大福餅を一個食べたいなと思うのだが、食べた後に「呉茱萸湯」を服用しても、痩せるわけではないので、余分なものはすぐに体重に反映されるのである。

「それじゃあ、体重が減る前の私って、何だったのだ」

一日にアイスクリームを四個食べても、不調にもならなかったし、めちゃくちゃ量を食べると当然体重が増え、あわてて節制すると、増えた半分くらいは減ったけれど、後の半分はそのまま体に居座った。そしてそれがいつの間にか、自分の体重として認識される。その繰り返しで、じわりじわりと体重が増えていったのだ。四十五、六キロからたった二キロ増えただけでも不調になるのに、当時はどれほど体のセンサーが鈍くなっていたのかと呆れるばかりだ。とはいえ今はあまりにセンサーが敏感に反応してくれるので、

「ああ、またか」

と面倒くさいことも多くなってきたのは事実なのだが。

「とにかく口に入れたものは、最終的には『水』になるのを意識してくださいね。暑くなったからといって、大量に飲んだらだめですよ」

先生の注意を受けながら、私は毎日、

「これくらいOK？　ちょっと飲み過ぎ？」

と首を傾げながら、教えていただいた通り、まるでちびりちびりと日本酒をなめるように、水分を摂っているのだ。

この項と、次の項は特別編として、私の担当編集者Ｆさんがはじめて漢方薬局を訪れた際の話についてである。彼女は四十代。最近、ずっと疲れが取れず、健康診断の数値でも気になるところが出てきたという。

先生はＦさんの体を、じっと見つめた。

「大変、お疲れのようですね。そして悪いところが多すぎます」

「え？」

Ｆさんの顔色が変わった。

「気、血、水のすべての巡りがよくないということですか」

私が横から口を挟むと、先生は「はい」という。

「えー、どうしよう……」

うろたえる彼女を私は慰めた。

「私みたいに自分でスケジュール調整できる仕事とは違って激務なんだから仕方がないわよ。編集者は本当に大変な仕事だし。仕事が終わらずに深夜、徹夜になることもあるし、体調が悪くても、仕事相手の都合に合わせなくてはならない場合も多いから、どうしても無理しがちになるわよね」

「若い頃は平気だったんですけれど、さすがに最近は、疲れが取れないうちにまた疲れたりして、ここ何年かはずっと体調はよくないです」

「食事も不規則になりますよね」

先生が静かにいった。

「はい。どうしても夜遅くなりがちなので、夕食自体が遅くなってしまうんです。自炊もほとんどできなくて外食が多いし。飲むのも好きなので、家に帰ると仕事をリセットする気分で、つい冷蔵庫からビールを出してぐいっと。帰宅後のビールが、仕事から解放されるきっかけなんです」

「そうですか……。ビールねえ」

先生の様子を見ると、あまりよい雰囲気ではなかった。

「最初なので、ちょっとご説明しますね」

先生の話を要約すると、漢方の基礎になるのは「陰陽五行」である。薬局の壁にも「五行の配当表」が貼ってあり、これは一覧表になっているので、この表について文章にするのはとても難しいのだが、たとえば私の場合、体調の悪さは水が滞って胃が冷えているのが原因だったのだが、表の「胃」にあたる欄を横にたどっていくと、「五味」にあたる部分は「甘」になっていて、患者の好む食とあった。そして「五色」という皮膚の色にあたる部分は「黄」で、事実、体調が悪いとき、私は鏡を見て肌の色が黄色くなったと首を傾げていたのだ。この表によると、顔が青い人は肝臓、赤い人は心臓、白い人は肺、黒い人は腎が悪いということになる。そしていちばん納得したのが、「五悪」というそれぞれの臓器が嫌う外気の性状として「湿」があったことだ。胃に問題がある私は、気温が高いのは平気なのだが、湿気が多いとてきめんに体調がいまひとつになるので、大嫌いなのである。これもまた表によると、肝臓は風、心臓は熱、肺は乾燥、腎は寒さが苦手になるのだそうだ。これを見ると、いろいろな体質の人はいるけれど、すべて理由があり、環境などと体が綿密につながっている。

「顔色でもわかるんですね」

私があらためて壁の表を眺めると、先生も表に目を向けながら、

「最近は顔色が黄色黒い人が多いですね。胃と腎臓が弱っているのだと思います」

という。

「自分の肌の色の微妙な変化に注意を払わないで、何も気にせずに好きなように飲んだり、食べたりしていると、よくないんですね」

Fさんも興味津々で表を見ている。

「少しでも生活のなかで気をつけて過ごしていけば、改善されますからね。お酒を飲まれるということですが、とにかく体を冷やすのはいけないので、一年中、寝る前に冷たいビールをぐいっと飲むっていうのはだめですねえ」

「……」

Ｆさんは黙ってしまった。私はまた横から口を出して、帰宅後のビールが、彼女の体をリセットする儀式になっているのだけれど、ストレスを発散するために、それをやめたらどうしたらいいでしょうかと聞くと、先生は、うーむとうなった。

「どのくらいの量を飲みますか」

「ロング缶を一本飲んでいたんですけど、ちょっとこれはよくないですよね」

「そうですね。後は寝るしかないわけでしょう。そこに五〇〇cc の冷えたものを、一気に胃に入れるというのは、相当、まずいですね。むくみの原因にもなりますし。まずそれを減らすというか、できればやめないといけない。食事はどうですか」

「ほとんど外食です。会社でも外に出る余裕がないときは、コンビニでパンを買って、パソコンの前で食べるとか。外食はいちおう野菜を多く摂っているのですが」

「なるほど。肉の量は多くないですね」

ビールを飲みながら肉を食べるのは、女性がごく普通にしていることだ。特に最近は肉が好きな女性が多いので、毎食、肉でも大歓迎の人もいる。

「気、血、水といっても、三つがばらばらにあるわけではなくて、つながっているのです。血も水分ですから水の部類に入るわけですね。その血の質が大切なのです。老廃物が血液中に溜まると滞ってしまうし、きれいな水分ではなくなります。それが脳梗塞を引き起こす原因にもなるんです」

「女性の場合は血の巡りは身近な問題ですが、男性にも関係あるのですか」

私はふだん疑問に感じていたことを聞いてみた。

「ありますよ。男性の体の中にも血は流れていますからね。動物の脂は体を冷やすので、自分の体で処理できないほどの脂を、大量に摂取するのは問題なんですね。肉が好きな人はその脂がおいしいっていうのですが。私が見た方で、まだ四十歳そこそこの男性で、仕事が営業で接待の連続という生活をしている人がいました。連日、酒と肉なわけです。おまけに一週間に一度は海外出張があって痛風やアレルギーもある。飛行機も体に圧がかかるので、体調が悪いときには気をつけたほうがいいんですね。うちにいらしたときは、ころころに太っていて、顔色も赤黒くて脂ぎっていたんです。腎臓も肝臓も悪くて、検査では腎臓に砂みたいなものが溜まっているといわれたといっていましたね。おしっこをするたびに痛いとおっしゃっていて」

それはとても辛そうだ。

「そこで血の巡りをよくする薬を処方して、他にも水を抜く薬も出しました。血の巡りというと、〝血の道〟などの言葉から、婦人病とか女性の体のトラブルのような、女性専門の薬と思われるのですが、男性にも使えるんですよ」

「女性の場合は滞っている血（瘀血《おけつ》）を出す機会は、月一回ありますけれど、男性の場合はどうなんですか」

「男性や閉経後の女性は便で出すしかないんですね。排出するのは便と尿です。基本的に彼は接待が仕事なので、その状況は変えられないでしょう。ビールと日本酒はやめていただいて、焼酎に替えてくださいとはいいましたけど、食事の内容についてはそのままでしたね。排尿痛や排尿困難があったので、排尿を促す薬を処方して、一か月くらい経った頃、痛みがなくなり、検査を受けたら砂がなくなっていたといっていました。とにかく体中に溜まった老廃物を出せるように、代謝が上がるようにしたら、今では痩せて顔色も戻って見違えるようになりましたよ。ゴルフが好きでコンペでもここ何年かは連続優勝しているらしいです」

「その前はどうだったんでしょうね」

「ゴルフは大好きなのに、痛風でコースすら歩けなくなって、やめていたんですって。でも体調がよくなって、痛風やアレルギーも治って若返って、すべてが変わったという感じでした」

男性でも体調がよくなり、好きなゴルフもできるようになり、外見もいいほうに変われればさぞかしうれしかっただろう。

満身創痍《まんしんそうい》だった男性が復活した話を聞いたFさんは、ちょっと明るい表情になった。

「地道な努力が必要ですけれど。Fさんは自分の体をどうしたいですか。こういっては何ですが、悪いところが多すぎて、どこから手をつけていいかわからないので、ご自分で選んでいただけますか」

先生は苦笑しながら彼女に聞いた。私が最初に薬局にうかがったときも、いちばん最初にどこをどのようにしたいですかと聞かれたのを思い出した。

「私が見て、ここが悪い、ここも治したほうがいいと思っても、ご本人はそれに気付いていない場合が多いのですね。まずご本人が気になっているところが治らないと、体を治していこうという意欲がわかないんです。だいたい女性の場合は、美容がいちばんの悩みになっていますね」

Fさんは、

「むくみを取りたいんです。顔もむくんできたのがわかるし。ふくらはぎが痛くて眠れないこともあって」

と訴えた。

「わかりました。まず帰ってからの冷えたビールを見直しましょう。すぐにやめるのは難しいから、量を少なくするところからはじめましょうよ」

気になるところが改善されるのを励みにすれば、意外と何とかなるものである。

「わかりました。すぐにゼロにはできないけれど、ともかく今晩からロング缶はやめて、小さい缶にします」

Fさんはまじめな顔で宣言したが、仕事とプライベートを切り離す、気分をリセットするビールを控えるのは、最初はさぞかし辛いだろう。何かをきっかけにした切り替えがないと、いつまで経っても、日中の腹の立つことや、うまくいかなかったことを引きずりそうだ。でも彼女は確固たる意志を持って、地道に努力をして、希望通りに痩せて体調もよくなることだろう。

「それではやりましょうか」

先生が立ち上がった。私はでたでたと思いながら、Fさんがリンパマッサージを受けるのを見ていた。私が原稿で何度も、悶絶、絶叫と書いていたので、彼女も覚悟していたようだが、先生が首筋に手を置いた瞬間に、

「痛いーっ」

と声を上げた。自分がマッサージを受けているときは、先生が、

「そんなに強く圧していないんですけどねえ。ただ触っているだけなんですよ」

といっていたのを、痛みで悶絶しながら、

(こんなに痛いんだから、私に気付かれないように、目一杯力を入れて圧しまくっているに違いない)

と疑っていた。しかし先生がいう通り、ただ触れているとしか見えないのに、Fさんは絶叫している。ピンポイントで急所を押さえているからなのだろう。

(その痛さに耐えれば痩せられるし、体調もよくなってくるから。辛いだろうけど今はただ耐えて)

心の中で応援しながら、私も数年前はああだったのだと、悶絶しているFさんに自分のかつての姿を重ね合わせていた。

「ううーっ、ぐぐーっ、いたたたーっ」

Ｆさんの絶叫は止まらない。

「ああ、痛いですねえ、最初ですからね。一番痛いですね」

のたうつＦさんと反対に、先生は静かに声をかけながら、冷静にマッサージを続けている。

「はい、じゃあ、今日はこのくらいで」

先生が手を離すと、Ｆさんは「はあー」と大きく息を吐いて体を起こした。逆立った髪の毛に彼女の苦闘が忍ばれた。

「覚悟はしていましたが、想像を超えてました。リンパのところがぜーんぶ痛い」

彼女がぽつりとつぶやいた。

「実はリンパマッサージが痛い人は、痛さを感じられる体だから、それほど状態はひどくないんですよ。たとえば根本的に体を治さないで、症状だけを抑え込むような薬を長期間、服用し続けていると、体の感覚が麻痺《まひ》してしまうので、マッサージをしてもあまり痛くない人がいるんです。それは体が悪いときの痛みすら感じられない、鈍感な体になってしまったというわけなのです」

先生の言葉に、そうか、痛いほうがまだましなのかと私もうなずいたものの、Fさんにとっては衝撃の痛さだっただろう。

「よかったわね、痛くて。痛くなかったら大変だったものね」

私はFさんを慰めた。

「はあ、そうですねえ。でもものすごく痛い……」

先生は苦笑いをしながら、

「体がかちかちに固まっていますね。特に背中がすさまじい。肩胛骨もしっかり張り付いているし、手がそこに入らないといけないですね。背中には大きな筋肉があるので、そこが動きはじめると、痩せはじめるんです。デスクワークの人は前屈みの姿勢をとるので、肩が内側に入るし、背中も丸くなるし。呼吸が浅くなってしまうから、よくないことだらけです」

といった。私もよく前屈みの姿勢で、肩が内側に入っていると、たびたび注意を受けていた。しかしマッサージのおかげで、肩胛骨周辺がほぐれて手が入るようになり、自分でもびっくりするくらい、さーっと体重が落ちていったのだ。それでも二回に一回は、

「また肩が内側に入っていますね」

といわれてしまう。

「背中がほぐれないと痩せないんですね。どれだけ痛い思いをしたらいいんでしょうか」

Ｆさんはマッサージの衝撃で声が小さくなっている。

「日々の積み重ねですから、意識して少しでも前屈みの姿勢を続けないように、気をつけましょうね」

先生はそういいながら、書棚から漢方の本を出した。

「Ｆさんはまず顔のむくみを取りたいっておっしゃっていましたね。ほかに悩みはありますか」

「私、足がほてって眠れないこともあるんです」

「ああ、そうですか。それは血流の問題ですね。とにかく全部が悪いからねえ」

そういわれたＦさんは、

「はい、すみません……」

ともっと小声になって頭を下げた。

「でもよかったわよ。これからは治るばかりじゃないの。習慣を改善するのは辛いかもしれないけど、私だってあれだけ食べていた甘い物地獄から抜け出せたんだから、Ｆさんだってできるわよ」

私は励まし係である。リンパマッサージの痛さやら、それまで無意識にしていた習慣を変えるのは辛かったけれど、それに慣れて普通になっていけば、何でもないことなのだ。そこに到達するまでには、いろいろな苦しみや葛藤があるのだけれど。

「私も最初は辛かったわよ。リンパマッサージは毎回痛いし、水分と甘い物は制限しなくちゃいけなかったでしょう。でも体調を戻したい一心だったから、何とか続けられた気がするなあ」

「せっかく先生に見ていただいたので、私もやります。まず寝る前のビールを少なくして、最後には飲まないで済むようにします」

「そうですね。いちばん最初に考える必要があるのは、寝る前の冷えたビールね」

先生は本の薬の効用のページを開いて、

「水を抜く薬を出しますね。それと血流も改善したほうがいいと思うので、それも出します。お仕事をしながらだと大変だけど、煎じ薬のほうが効くので、そちらにしますね。アルミ以外のお鍋を使って、蓋をしないで煎じてくださいね」

といった。

「煎じって何時間くらいかかりますか」

私は先生とFさんの間に割り込んで、

「十分か十五分くらいで煎じられると思うわよ」

と口を挟んだ。

「えっ、一時間も二時間もかかるのかと思ってました」

「日本の漢方は飲む量が少ないのでね。最初の水の量も多くないんですよ。それでも煎じ薬は面倒だから嫌だっていう人も多いんです」

先生は調剤室に入って薬を調剤しはじめた。

　Fさんが私に、毎日薬を煎じているのかと聞くので、

「そうよ、毎朝、一日分の薬を煎じるの。じっと鍋の横についていなくても、最初に時間を計っておいて、後はときどきチェックする程度で大丈夫」

　といっておいた。

「でも私、出張も多いので、そういうときにはどうしたらいいかしら」

　私は留守番できないネコのために、旅行もしないし、丸一日家をあけることもない。しかし出張となると、数日間、家に戻れない場合も多いだろう。

「一週間分をまとめて煎じるっていうのはだめでしょうか」

「いやー、生薬は変質するから、まとめてっていうのはできないんじゃなかったかなあ」

　Fさんと私でそんな会話をしているうちに、七包の白い薬袋を持って先生が出てきた。Fさんが、出張などで毎日、煎じるのが難しいときがあるのですがとたずねると、先生は、

「そういうときは、顆粒状のエキス錠があるんですけど、それを使うしかないかもしれないですね。ここ一週間で出張する予定はありますか」

「いえ、ないです」

「それはよかった。最初の一、二週間は大切ですからね」

　私も最初の二週間は、薬を効かせるために、甘い物は絶対厳禁だったからというと、

Ｆさんは、

「ええっ、全く食べなかったんですか」

と驚いた。

「もう、辛いのなんの。毎日の習慣になっていたのが一気にゼロでしょう。悶絶してましたよ」

「みんなやるっていっても、やれない人が多いんですけどね。やってないのにここに来ると、私に怒られると思うのか、『ちゃんとやってます』っていうのよね。体を触ればすぐに嘘っていうのがわかるのにね」

先生のいう通りにできたのは、そのときだけ根性を出した、私のささやかな自慢である。

「私、できるかな」

Ｆさんは不安そうだった。

「だから、ゼロにしないでビールの量を少なくすればいいじゃないの」

そういいながら先生の顔を見ると、うーんという顔をし、そして、

「薬を効かせるために、この一週間だけやめてみましょうか」

といった。Ｆさんはうっと言葉に詰まっていたが、

「わかりました。やめます」

ときっぱりと宣言した。そして私は、

「いろいろと我慢しなくちゃならないこともあるけど、必ず体調はよくなるから」

と励まして、その日は別れた。

三日後、Fさんから連絡があった。煎じ薬を服用して間がないのに、会社の人たち何人もから、「痩せた」といわれたという。

「自分でも顔が小さくなったような気がするんです」

と喜んでいた。先生がいっていたように、自分の気になっているところが改善されれば、我慢している事柄があっても、やる気が出るだろう。

彼女はそれ以降も薬局に通っていた。一週間はちゃんとビールは厳禁を守り、その後はちょっとだけ飲んでいるけれど、前ほどではないという。そしてふた月ほど経ったとき、先生から、

「最初にここにいらしたとき、悪いところが多すぎるっていったでしょう。実は気、血、水のなかで、いちばん気が滞ってそれが問題だったの。その原因は過度の運動の場合もあるし、ストレスや悩みとか、外的要因の場合も多いのですね。でも気の巡りが悪くて体調を崩している人に、気がいちばん悪いっていったら、よけい、精神的に負担がかかるでしょう。だからいわなかったんだけど」

といわれたという。ということは、多少、体調が改善された気配があるから、先生もおっしゃったのだろう。

「ともかく少しずつでも生活を改善しようと努力しているのが偉い」

私はFさんを褒めた。

それからも彼女は先生にいろいろと相談をして、薬を調剤してもらっている。ふだんは大丈夫なのだが、出張に行くと必ず便秘になってしまうのも、彼女の悩みだった。市販の便秘薬を服用するとお腹が痛くなってしまうので、飲みたくはないけれど、出ないと気持ちが悪いといった状態になっていた。今は先生に選んでもらった体質に合ったエキス錠を、出張のときに服用している。それだと体に負担がなく出てくれるようだ。少しでも彼女の役に立てているのなら、喜ばしい。不快な症状が改善されていると聞くと、私もうれしくなった。

その半年後、Fさんから、「実は大変なことがあった」と告白された。いったいどうしたのかと話を聞いたら、高熱が出て味覚障害になってしまったという。よく更年期で味がわからなくなったという話は聞くけれど、そうではなくて、何を食べても、ずーっと口の中がにがいままになった。

「原因は思い当たるの?」

「豪勢な食事をごちそうになった後だったんです。全部とてもおいしかったし、お酒も飲みました」

馬刺し、牛肉、フグなどがずらっとならび、贅沢な和食が勢揃《せいぞろ》いといった夢のような食事で、そのときは彼女もおいしく食べたのに、一週間後、ノロウィルスにやられ、治ったら、口の中が変になってしまった。先生も豪勢な食事が原因かどうかはわからないと首を傾げたものの、Fさんの体が疲労しているのは間違いないので、「牛」（牛黄＝牛の胆石）を服用するようにといわれ、彼女はそれをしばらく服用して何とか十日後に元に戻ったのだった。

おいしい食事を食べて、その後にこんなことになったら、あまりに悲しい。精の強い食べ物を食べすぎると、疲れた体にはすべて受け入れられなくて、たたみかけるように体調が悪くなることもあるのかもしれない。四十代は働き盛りで、会社では上と下に挟まれ、難しい立場でもある。ストレスも溜まるだろう。Fさんが漢方に出会ったことで、これから少しでも状態がよくなりますようにと、私は願うばかりである。

漢方では気、血、水の流れが滞り、バランスを崩して、体調が思わしくなくなるといわれている。私も主に水が滞って具合が悪くなったのだが、水の滞りだけが問題で、血や気の状態はよかったというわけではない。先生に最初に会ったときの私の体の状態をあらためて聞いたら、

「主な原因は水の滞りで、いちばん顕著だったのは胃の冷えだけど、肺もちょっと冷えてましたね。気の滞りもありました」

といわれた。水の滞りは過食と甘い物の食べ過ぎで、自覚ができるけれど、気の滞りは口に入るものよりは気付くのが難しい。

体内に入ったらわからないけれど、血も水も体外にあるときは、目で見ることができる。しかし気は見えない。「気功」がその目に見えないもので体を整えるというのも不思議だ。明らかに心配事をかかえているとか、疲れ、ストレスを感じているのならばわかるけれど、目で見られないものに対しては、その存在を認識し、体に影響を与えると考えるのは、なかなか難しいのだ。

しかし辞書を開くと、「水」「血」がついた言葉もあるものの、「気が滅入る」「気が散

る」「気を揉む」など、「気」のつく言葉はとても多い。水も血も欠かせないものだけれど、昔からこれだけ「気」の字がついている言葉が伝わっているということは、もしかしたら目に見えない「気」がいちばん大切なものなのかもしれないと思いはじめた。

漢方薬局で最初に、先生から、

「オーバーワークですね」

といわれたのが、気の滞りを示唆していたのかもしれない。その年の六月に母親が突然倒れ、入院だの退院だのリハビリだのと、仕事をしながらそちらの用事もあったので、単純に肉体的には疲れていたかもしれない。母親の病気については、最初から意識もあり、

「なるようにしか、ならない」

と考えていたので、気を揉んだりはしなかった。ただ頭ではそうであっても、体は違う受け取り方をしていた可能性はある。

どうしてそんな気持ちになったのかわからないのだが、体調が悪くなる前の夏、私は無性に走りたくなっていた。それも中学生以降、やったこともなく、考えたこともない百メートルの全力疾走。毎日、

「走りたい……」

とそればかりを考えていた。日中は人目もあるし、第一、近所では全力疾走できるような場所もない。ジョギングではなく、とにかく全力疾走をしたかった。私はこれを運

動不足を解消したいと体が感じているからではと考えていたのだが、実は気が滞っていた。発散できないものが溜まっていたのを、全力疾走によって体から追い出すために走りたかったのかもしれないと、今になっては思うのだ。

先生は最近は人々の気が滞りがちで、特に若い人はその要素が強いといっている。

「サッカーの試合の後に、渋谷や繁華街で大勢で騒いだりしているでしょう。あれも何かきっかけがあると、それに便乗して滞った気を発散させたいのよね。サッカーにそれほど興味がなくても、ただ『わーっ』って大声を上げて叫んだり、走り回ったりできれば、きっかけは何でもいいんじゃないのかしら。面識のない人を殴ったり、感情的に過剰反応するのも、同じ原因じゃないかと思うんです」

「はあ、なるほど」

いちおううなずいたものの、私から見ると、私の若い頃、今から三、四十年前に比べて、はるかに女性も男性も自分の好きな道を選択できる時代ではないかと思うのだが、彼らにとってはそうでもないようだ。親子、会社の人間関係、仕事が見つからなかったり、すべてが思い通りにならなかったり、天変地異や原発事故への不安もあるだろう。おばちゃんの私は、好き勝手に暮らしてきて、この年齢まできたのだから、あとは野となれ山となれという感覚でいるが、若者にとっては先が見えない、不安だらけの人生になっている。もし自分が同じ立場でも、

「この先、どうしたらいいいんだよ」

といいたくなるだろう。

先日、隣町まで買い物に行ったら、背後から、自転車に乗り大声を出している若者がやってきた。二十代半ばくらいの彼はいわゆるロン毛の茶髪で、黒のスーツに白いシャツを着て、胸元を大きく開けている。ネックレスやブレスレットをたくさんつけていて、明らかにホスト風の日中の勤めではない風体だった。彼は誰だかわからない相手に向かって、まくしたてている。通りがかった人は自分にいわれたのかと、びっくりして立ち止まるのだが、そうではないとわかると、彼とは目を合わせないようにして、立ち去っていった。

狭い道路で反対側から車がやってくると、彼は自転車から降りて徐行する。薬物などで錯乱しているのとは違うようだった。いったい何をいっているのかと、つかずはなれずで後をついていったら、「先輩にはちゃんとあやまったじゃないですか」「わかってんのか、この野郎」「おれ、一生懸命がんばってやってるんですけど」「ふざけんじゃねえよ」などなど、先輩に対していいわけと罵声をいい連ねているのを聞いて、彼の複雑な心中を想像すると胸が痛くなってきた。

きちんとスーツを着て、会社に勤めている人に対しては、ストレスもあるだろうし、嫌な上司やアホな部下がいたら、大変だろうと想像できる。しかし夜の勤めの人、特にロン毛で茶髪のチャラい感じの男性や、化粧も濃く露出の多い服装のけばけばしい女性を見ても、仕事が大変だろうと想像するのは難しい。

「あんたたちは、どうせ好き勝手に生きているんでしょ」
と決めつけがちだ。素人《しろうと》ではない玄人《くろうと》という線引きもある。しかし彼らが仕事をし、生活をしている夜の社会でも、ストレスが溜まる要因はたくさんある。体育会系の反論できない上下関係か、彼の性格が原因かはわからないけれど、自分の子供くらいの若い人のそういう姿を見るのは、おばちゃんとしては辛いものがあった。

先生にその若者の話をしたら、

「『気』の問題ですねえ」

と気の毒そうにため息をついた。

「発散できなくて、溜めに溜めてバランスを崩したのですね。気が滞るとどんどん陰にこもるから、悪循環なんですよ。特に夜の勤めだと、人間のあるべき生活サイクルとは真逆でしょう。修正するのも難しいですね。陽ばかり、陰ばかりでもだめで、その人にふさわしい、持って生まれたバランスがあるんです。それが崩れるとよくないですね。陰といえば、女性はあまり月を見ないほうがいいといわれていますよ。塞《ふさ》ぎ込みがちな性格の女性は特に、陰の気が助長されるそうです」

月を見て物思う女性は絵になるけれど、陰陽でいくと陰と陰でよくない。私が体調が悪いときでも、夕方になると好転するのは、それが人体に陽気が入る時刻だからだそうだ。私のやや陰の気が過剰になったところに陽気が入って中和されて、その時間帯は元気になると先生にいわれて納得した覚えがある。

「気」はもともと体の中に持っているものでもあり、目には見えないけれども、環境や人から何か感じ取る。残念ながらそれがすべていい結果をもたらすわけではない。

「本人は会社の仕事や人間関係でストレスが溜まって、体調が悪くなったと思っているんだけれど、よく話を聞いてみると、生い立ちに関する別な問題が原因になっていたり、夫婦仲は険悪ではないけれど、実はそんな関係に問題があったり、気の滞りは複雑なんです」

大人でさえこんなに気が滞るような世の中なのだから、若者、子供が影響を受けるのは当然といえるだろう。

うちの近所の子供たちを見ていても、ずいぶん昔と変わった。昔は遅くても小学生であれば五時になったら家に帰るのが当たり前だったが、最近は、冬の日が短い季節であっても、午後五時から遊びはじめる。ひどいときは夜の九時を過ぎても、路地を走り回って遊ぶ声が聞こえていて、近所のおじさんが、

「早く家に帰れ」

と叱ったりするのだが効果がない。うるさいおじさんがいる家の前ではなく、文句をいわない家の前で遊ぶようになるからだ。

近所の子供事情に詳しい人に聞いたら、両親が働いていて帰る時間が遅い場合、家に子供だけを置いておくわけにはいかないので、夕方から夜にかけて母親が在宅している友だちの家に遊びに行かせて、学童保育がわりに使っているらしい。家に子供一人だけ

残しておくよりも、友だち同士で遊ばせたほうが安心なのはわかるし、子供だから歓声を上げて走り回ったりするのは普通なのだけれど、その子供たちの声が私からすると尋常ではない。びっくりするくらいの大声でわめき散らすし、ほとんどの子がきーきーという金切り声を出す。女の子はそれほどでもないのに、男の子のほうがずっとひどい。楽しそうに遊んではいるものの、実は満たされないものをかかえて叫んでいるのではと心配にもなった。

近所に住んでいる、今は偏差値の高い大学の付属高校生になった男の子が小学校低学年の頃、母親にいうことを聞いてもらえないのか、外でぎゃあぎゃあと泣いているのを何度も見かけた。彼の路上での地団駄の踏み方や、

「きいいーっ、きいいーっ」

という超音波みたいなものすごい絶叫を聞いてびっくりした。平日は母親は勤めていて不在のようだったので、一緒にいるときは甘えたかったのだろう。

彼が家の中でわめきはじめると、床を踏みならす音が、室内にいて仕事をしている私の耳にまで聞こえるほどだった。中学生になったときには、直径五ミリほどのプラスチック弾が出るピストルが気に入ったらしく、毎日、外に向けて撃ち続けるものだから、うちのベランダにも玉が落ちて不愉快だった。そのうえ友だちがやって来ては、

「獲物はいないか。あっ、ネコがいる」

とベランダでのんびり昼寝をしていたうちのネコに向けて撃とうとしたり、本当に迷

惑だった。

しかし今は、夏に窓を開け放ち、風向きを無視して、体中に大量の制汗剤を噴霧し、私の部屋に咳の原因となる気体と、人工的な匂いをもたらす、配慮不足以外は、問題のない高校生になった。でも彼は思いのままにならないと、大声でわめき散らした性質の核のようなものをかかえている。東洋医学について深く勉強をしていない私の考えであるが、この核が「気」なのではないか。表面に出る度合いは年齢によって違うかもしれないけれど、みんな陰気、陽気が入り交じった、それぞれの「気」を持っている。うまく「気」が巡っていれば問題は起きないが、それが滞るとよくない方へ向かってしまうのかもしれない。

「気」の問題も、体を冷やさないのがいちばんのようだ。体温が下がって免疫力も落ちるし、すぐには出なくても、何年後かに症状が出る可能性もある。漢方は転ばぬ先の杖《つえ》という面もあるので、症状が出ていないのに、日々、気をつけるのはまどろっこしい。症状が出てから考えればいいという人がいるのも事実だ。私は体の芯が弱い自覚があるので、無理はせず、余分な水が滞らないように、口に入れるもの、量には気をつけるようになった。しかし「気」に関しては、どうしたらいいのかわからない。ストレスを溜めないようにと、一生懸命にやればやるほど、実はそのまじめさが原因のストレスが溜まっていくような気もする。ともかく、私としては万事、「まあ、このくらいでいいか」と楽天的にのんびり過ごすのがいちばんいいのかなと考えているところである。

先生は、同業の先生たちと、最近の症例について情報交換をするのだが、

「最近は私が仕事をはじめた頃と違って、新しい事象が原因のトラブルが体に起こる場合が多いから、同業者も大変なようです」

という。

昔は子供は元気のかたまりみたいなものだったが、幼児の頃から漢方のお世話になる子も多くなってきた。いちばん多いのはアトピーの治療だという。私のこれまでの勝手なイメージとしては、漢方は中高年以上のものという印象があったので、幼児まで漢方のお世話になっているという話は意外だった。

「親御さんが、漢方薬を服用しているので、そのつながりでいらっしゃる場合が多いんですけどね」

子供たちは「素」に近く、飲酒、喫煙もなく、大人に比べてはるかに雑多なものに汚されていないので、治りも早い。

「それはいいんですけど、子供の質も態度も昔とずいぶん変わってきましたね。私の子供が小さかった二十年前は、漢方が必要な子はほとんどいなかったのに。すべての環境

がものすごい速さで変わってきているんですね」

というのだ。かつては受験は、高校、大学を指したが、この頃は有名小学校のお受験が盛んで、そういう学校に子供を入学させたい親は、一、二歳からすでに受験の準備をはじめている。特に子供の体調が悪いわけではなくて、集中力がつくように、勉強ができるように、つまり合格するような子供にしてほしいというのである。

小学校受験のノウハウを教えてくれる予備校があり、そこでうまくいかない子供が、あせった親に連れられてくる。ところが子供たちのほとんどは「待つ」「我慢する」ということができない。先生が親と話していると、割り込んできて、

「お母さん、お母さん」

とまとわりつく。それを見た先生が、

「今は先生がお母さんとお話ししているんだから、ちょっと待っていてね」

と諭しても、

「やだ、いや」

とわがままをいう。いつも、

「お話が終わるまで、待っていてね」

と、

「やだ」

の繰り返しになる。そして先生がじっと子供の目を見ながら諭し続けていると、しま

いには子供に、

「先生、怖い」

と嫌われる。

「別にそういわれてもいいんですけどね。肝心な話をしているときは、おとなしくしていてほしいんですよ」

今さらこんなことをいっても仕方がないのかもしれないが、私たちが子供のときには、大人がまじめな話をしていると、今はその間に立ち入っちゃいけないなとか、敏感に感じ取ったような気がするけれど、そんな子供はほとんどおらず、いつもいつも、自分、自分、自分なのだ。

「そのうえ子供なのに姿勢が悪くてねえ」

先生は嘆いている。

子供の態度は二派に分かれていて、少しの間でも椅子に座っていられなくて薬局内を歩き回り、あちらこちらの引き出しを勝手に開け閉めするような落ち着きのない子。なかには調剤室にまで入って、部屋にあるものを持ちだそうとする子もいるという。もう一派は座ってはいるが、座ったが最後まったく動かずに、まるで顔がお腹にくっつきそうなくらい背中を丸めて、体が溶けたような体勢のままの子。体全体がスライムになったかのように、骨や筋肉が感じられない。私は携帯ゲーム機を持って遊んでいる子供や若者の姿が頭に浮かび、そのような体勢かとたずねたら、

「そうそう。あれと同じ」

という。その子供たちが家でゲーム機で遊んでいるかどうかは知らないが、親だったら家で子供の姿勢くらい、チェックして直してほしいといっていた。先生も私も、姿勢が悪いと親に背中に物差しを突っ込まれ、

「ちゃんと背筋を伸ばせ」

と叱られた経験がある。

「猫背の子供なんていなかったのにねえ。子供の頃から猫背で胸が開かないと、いつもいっているように呼吸が浅くなるでしょう。それに食事の内容も子供の要求ばかり聞いて、親がちゃんとしたものを作って食べさせたりしてないし、そういった子供たちが大きくなったら、いったいどうなるのかを考えると、恐ろしくて。私たちは親にそういうふうにならないように説教して、子供たちにも話してはいるんだけど。わかってもらえているのかいないのか、わからないです。最初はそうであっても、時間が経つにつれて、ちゃんと座れるようになる子はいるんですけど」

子供がかわいいのであれば、まずそういうところから直そうとするのが、親心ではないかと思うのだが、そういった親御さんが自分が子供をかわいがっているいちばんの証拠は、有名小学校に入れることなのだ。私たちの世代からすると、

「ちょっとずれてないですか」

といいたくなるのだが、もしかしたら今は子供にたたずまい、礼儀をきちんと教える

というより、偏差値の高い学校を卒業させて、有名な企業に就職させるという考えのほうが主流になっているのかもしれない。

だいたい有名小学校には親子面接があるのだから、

「椅子にじっと座っていられないんだったら、面接だって受けられないでしょう」

というと、親は、

「そうなんです」

と深くうなずく。だから予備校でもうまくいかなかった。しかしそれでも子供に、どうして椅子に座っていなくてはいけないかを説明できない。ただ「座れ」を連呼して叱るだけなのだ。

「昔の漢方薬局には、こういう親子は来なかったと思う」

先生はため息をつく。また大人でも先生の頭にインプットされている症例ではない人たちが来るので、

「もう、いったいどういった薬を出せばいいのか、頭がぐるぐるしてしまいます」

と嘆いていた。

あるとき専業主婦の四十代の女性二人が、二週間ほど前後してやってきた。何も関係のない他人同士である。しかしその彼女たちは同じ症状を訴えた。手の指の関節が腫れてきたというのだ。指の関節が腫れる理由はいろいろとあるので、先生もさまざまな病気を探ってみたが、その可能性はとても低い。たて続けにどうしたのか、そんな病気で

も流行りはじめているのかと、心配になってさまざまな方向から見てみたのだけれど、やはり病気が原因とは考えられなかった。

そこでふと目についたのが、彼女たちの十本の指に施された豪華なネイルアートだった。小花や星がついたり、さまざまな色に塗り分けられている。そこで先生は、

「家事はなさっていますか」

とたずねた。すると二人とも、やっていると答えた。子供はいないとはいえ、専業主婦だから当然なのだけれど、話をもっと突っ込んで聞くと、食器洗いは食器洗浄機にまかせ、掃除はお掃除ロボットやフロアモップを使う。洗濯物は全自動洗濯機ですべて乾燥させるため、物干しに洗濯物を干した経験もない。手洗いもしないのだ。

「雑巾《ぞうきん》がけは」

とたずねたら、

「あんな汚い物、触るのは嫌」

と嫌な顔をする。趣味も特になく、日中はずっとテレビを観ていて、スーパーマーケットから宅配の食材、レトルト、冷凍食品が届くのを待っている。手を汚すのが嫌なので、カット野菜を注文してそのまま使う。電子レンジをフル稼働して調理し、包丁、まな板も使わないのである。

「あまりに手を使わな過ぎて、循環が悪くなって関節が腫れたんじゃないかしら。手足の指を動かすのは、とても大切なことなんですよ」

そういわれた女性たちは、

「えっ？」

と驚きながらも、手を使えといわれたことに戸惑っている様子だった。

「すべてを変えろとはいわないし、ネイルアートもやめろとはいわないから、ゴム手袋をしてまず皿洗いからはじめてください。人間、使わない部分から退化しますよ」

彼女たちは先生にいわれた通り、皿洗いをはじめたら、徐々に腫れもひいてきて元に戻りつつあるという。使い過ぎで腫れるケースはあるが、その逆で具合が悪くなる場合があるとは考えてもみなかった。

日々手を使うのは当たり前で、誰も注意を向けなかった。調理は手でするのは当たり前、手で洗うのは当たり前、食後に皿を洗うのは当たり前。しかしさまざまな家電製品が出てきたことによって、その当たり前だった事柄が当たり前ではなくなり、その結果、楽にはなったけれど、楽になり過ぎた弊害が出てきた。しかし関節が腫れるほど手を使わない生活って、いったいどういうものなのか、私は想像もできない。

私の家は明らかに他の家より遅れているので、携帯電話もないし、電子レンジも食器洗浄機もない。カット野菜も買わない。一人暮らしとはいいながら、日に三度食事を作り、自分とネコの分だけとはいえ、毎回、食器を洗い、調理道具を洗うのは、正直いって面倒くさいと感じるときもある。しかし調理のときには包丁で手を切らないように注意をするし、皿を洗うときは落として割らないように気をつける。雑巾で汚れているところも拭く。もちろん仕事でもキーボードを打っているし、編み物や三味線が趣味なので、無意識だったけれど、指はずいぶん使っている。

それが調理にほとんど手を使わず、洗濯物も天日に干さず、雑巾も使わないし皿も洗わず、指を使うのは携帯やリモコンのボタンを押すだけというのでは、指の運動量がとても少ないのは事実だ。それが積み重なると、指の血行などが滞ってしまうのだろうか。今までは「使い過ぎ」が不調の原因だったのに、生活のすべてが便利になったこれからは、「使わな過ぎ」が不調の原因になっていくのかもしれない。

リンパマッサージの数々の激痛を乗り越えた結果、私のマッサージは、最近は肩、背中、腕のみになった。姿勢に気をつけているつもりでも、仕事柄どうしても肩が前に入ってしまうので、肩、背中の筋肉をほぐしてくださる。先生が、

「腕が疲れてますね」

といって、腕を上にあげてぶらぶらさせたり、丹念にマッサージしてくださるので、施術後はとても頭、肩、腕が軽くなる。

「ふだんは自覚がないですけれど、頭はもちろん、腕も重いですからね。首とか肩とか、どうしても無理をすると凝ってきますよね。だからといってほとんど使わないでいると、弊害も起こるし。私にとっては、指を使わないで関節が腫れたケースははじめてでしたけど、これからだんだん多くなるでしょうね」

昔から延々と続いている漢方も、その時代に合わせて対処法を考えていかなくてはな

らなくなった。おまけにここ何十年かの環境や人の考え方の変化は激しすぎる。

「これさえ飲めば、体の滞っているところが、全部さっと流れちゃう漢方薬があればいいのにね」

次々に起こる新しい症例に戸惑っている先生は、ぽつりとつぶやいたのだった。

毎年、体調を崩した十一月になると、今でもちょっと緊張する。一月からそれなりに元気に過ごしてきたけれど、十一月になったら、また体調が悪くなるのではと、丸五年経った今でもまだ考えてしまうのだ。

二〇〇八年から、一週間に一度、先生にお世話になって、大きな問題もなく過ごせている。しかしそんななかでも、体調がいまひとつの日がある。多くの場合は、のぼせている感じがする。日常生活には支障はないが、軽く、ぼーっとする。そういうときは仕事が詰まっているか、甘い物を必要以上に食べている。私が何もいわなくても、先生はリンパマッサージをはじめるとすぐ、

「頭が詰まってますね」

という。そして耳の後ろや頭部を揉む。頭部をぐいっと持ち上げたりもするので、私は先生に身をゆだねつつ、

（そんなに頭が首にめりこんでたのかしら）

と心配になるのだ。

マッサージが終わると、ぼーっとしていた頭も体もすっきりする。先生は私の顔を見て、

「ああ、目が開いてきましたね」

といつもいう。滞り気味だったもろもろの流れがよくなると、目の周りが腫れぼったくなくなり、すっきりするのだそうだ。そういえば仕事が詰まってきたり、食べ過ぎたりすると、いつもより目がどんよりしていると感じる。水分が滞っていると、まぶたが重たく感じる。私も以前は気がつかなかったが、外見ではそれほどわからなくても、体感で今はわかるようになった。普通ではない状態を知らないと、自分では判断できないのが恐ろしい。急にどっと溜まるわけではないので、じわじわと襲ってくるのが感じ悪い。

「仕事はしないわけにはいかないですから、とにかく根を詰めないように」

先生にはいつもいわれているが、この年齢になると集中力が欠けるので、一時間パソコンの前に座ると、つい他のことをやってしまう。だからおのずと根は詰められなくなる。台所を掃除するときもあるし、処分する本や服を選んだり、ちょこっと編み物をすることもある。それを長時間やっていると、仕事には戻れなくなるので、どれも十五分くらいで終えるようにしている。

昔はそうはいかなかった。座右の銘はと聞かれると、

「明日できることは、今日やるな」

などといっていたくせに、今日がんばれば、明日、明後日と休めるとなると、たくさん休みたいものだから、無理をしてでも原稿を仕上げた。そのうえ夜は自分の好きなことに使いたかったので、本を読んだり編み物をしたりしていた。何十年もそうやってきていたので習慣化していたが、実はそれが無理になっていたことに、体調が悪くなるまで気づかなかったのだ。

今は集中力もないし、一日に書ける枚数も少なくなってきたので、毎日、少しずつ書いている。なので丸一日、休める日は少ないけれど、目の奥が痛くて頭がじんじんするとか、肩が凝るとかといった不調はなくなった。無理をする生活をしているときは、それが当たり前になっていて、目の奥や頭が痛くなっても、

「嫌だなあ」

くらいで済ませていたが、漢方薬局に通って、そうなる理由がわかってからは、

「もう少しできるのでは」

というところで、やめられるようになった。

それでも原稿が書けなくなったことはないし、締切に遅れたこともない。昔は仕事をする十の日と、休むゼロの日の差が大きかったのが、現在は毎日、三・八くらいでずっとフラットな感じだ。それがいいのか悪いのかはわからないけれど、今の自分には、無理をせず仕事もし、遊ぶ時間もあるということで、いいのではないかと考えている。

夜は観たいものがあればテレビ、ＤＶＤを二時間を上限にして観るけれど、そうでな

ければラジオやCDを聞きながら、ネコを膝の上にのせて、ソファに座ってぼーっとしている。そこで何かしていなければ、時間がもったいないと思ったときもあったが、ここで編み物や本を読みふけると元の木阿弥になりかねないので、ネコが膝の上にいるだけで十分と思うようにした。なので以前に比べて、相当、生活はゆるくなっている。

もし自分が会社勤めをしていたらどうなるかと想像してみたが、まずわかったのは、勤めながら原稿を書くのは、明らかに無理だった。独立する前に勤めていた会社の勤務は十時から六時で、仕事は私には絶対向かない経理事務だった。ほとんど残業はしなくてもよかったし、もちろん給料もボーナスもいただけた。自分一人が食べるくらいは何とかなった。しかし会社に勤めていたら、私は書き続けていられなかった。やめるとき社長に、

「原稿を書き続けるのだったら、ここにいても編集の仕事は無理だと思うよ」

といわれたが、その通りで、私に絶対向かない経理事務の仕事でなくても、体がもたなかった。私は仕事に関しては、器用にあれこれできるタイプではないので、会社に勤めるか、やめてフリーランスになるかの、二択しかなかった。中途半端に会社に勤めながら書いていたら、どっちもだめになっていただろうし、会社勤めを選んだら、間違いなく原稿を書くのはやめていただろう。

芯が弱い自分の体質を考えると、心の底からそう思う。会社をやめて三十年近くなったが、毎日、雨が降っても雪が降っても外出しなくてはならない会社勤めを続けていた

ら、もっと前に体調が悪くなっていたような気がする。勤めているほとんどの人はそうだろうが、責任があるので体調が悪くても無理をしがちになる。

若い頃はまだしも、五十代に突入してからは、特に体力に自信がなくなった。好きな時間に起きて、一日を自分のスケジュールで過ごしている私ですらそう考えるのだから、会社に勤めていたら、どんなに大変だっただろう。会社の人々にも迷惑をかけるだろうし、お給料をいただく身としては、自分の都合だけで休むわけにはいかない。そう考えるとフリーランスは、最低限守らなければならない仕事相手との約束、関係はあるけれど、それ以外は、自分の勝手である。嫌な仕事は断れるが、その分収入は減る。全部自分で決められ、その結果はすべて自分に返ってくる。はっきりしているところが、自分に合っていた。

自分ですべて決定できるとはいえ、思い通りにならないのが体調である。先生のおかげで私の体調は元に戻り、おまけに考えもしなかった痩せるというおまけまでついた。もちろん身長に比べて体重がやや重かったので、あと二キロくらいは痩せたいとは考えていたが、四十キロ台半ばになるとは想像もしていなかった。先生がいうには、最初は体の不調があると、やはり日々、気分がすぐれないので、そちらをまず治していくが、それが改善されると、次は機能的な問題になっていくのだそうだ。

「たとえば、お酒を飲み過ぎて、不規則な生活をして、むくんでいる中年男性がいるとすると、代謝をよくして、余分なものが出るようにするわけです。だいたいむくんでいる人は、代謝がよくなって滞ったものが出ていくと、体重が減って痩せるんですね。そうなると今まで太っていたからわからなかった、機能的な問題がわかってくるんです」

最初は首のまわりがたぷたぷに余っていたのが、余分なものが抜けて、すっとしていく。するとたぷたぷの下に隠れていたものが現れて、首の筋が妙にこわばっていたりして、体が硬くなっているのがわかってくる。

「よくおじいさんで、首の筋がものすごくつっぱって、外から見ても張っている感じの人がいるでしょう。ああなってしまうのは、あまりよくないんですよね。とにかく柔軟性がないとだめなんです。だからそのような場合は、固まっているところを、徐々にほぐしていかないと」

体がむくんでいるからといって、全身が柔らかいわけではない。硬くなった体の上に柔らかい厚い衣をまとっていたりする。硬い木の実の周りにムースをくっつけたようなものだ。ぽちゃっとした柔らかそうに太った人を見ると、どこまでいっても芯まで柔らかそうな感じがしていたけれど、実はそうではないというところが意外だった。

男性で体はもちろん、会ったときに誰だかわからないほど顔が太る人がいるが、彼らは生活習慣によって、年々、余分な衣を上に重ねていってしまう。まるで十二単《じゅうにひとえ》のようである。私も体調が悪くなる前、顔色が黄色っぽくなり、たるみがひどくなっていくのを、歳だから仕方がないとあきらめていたが、それも余分なものが体に滞り、全身に溜まっていたのが原因だった。それを体外に排出すれば、加齢の部分は仕方がないにしても、基本的な自分というものの姿に近づいていく。私の場合は漢方薬に出会い、最初は、というか二年間は激痛を伴ったけれども、リンパマッサージに助けられた。

一週間に一度、体をチェックしていただいていても、管理するのは自分自身だ。何度もいうけれど、私にとっていちばん問題なのは甘い物だ。明らかに食べる量も減っているし、過剰には食べたいとも思わなくなったけれど、それでも仕事をしていると、食べたくなる。まだリンパマッサージが痛かったときは、どうしても食べたい場合、山田屋まんじゅうを基本の大きさとして、それに見合う量だけを食べていたが、体調が戻ってくると、

「ちょっとくらいなら平気かな」

と気が緩み、朝ご飯を食べた後に、果物を食べるようになった。

先生からは特に冬場は体を冷やすから、果物には気をつけるようにといわれているのに、先日も柿があまりにおいしくて一個食べた。それでやめておけばいいのに、昼ご飯を食べ終わり、仕事をしながらいただきもののクッキーを食べた。そして晩ご飯を食べた後、有機甘栗を食べるという、食べ過ぎ&甘い物三連発で、とてもよろしくなかった。先生からは、私がのぼせがちの体質なので、炭水化物は一日二回までといわれているのに、栗を食べてしまったら、何にもならなかった。甘い物への対策法である「呉茱萸湯」、食べ過ぎ対策の「半夏《はんげ》瀉心湯《しゃしんとう》」のダブル服用をして、私的にはいちばんやってはいけないパターンに陥ってしまったのだ。

翌日、やっぱりいまひとつすっきりしなかったのは、私の体には、果物、クッキー、甘栗の三連発は量が多過ぎたからだろう。食事は三食ちゃんと摂り、甘い物も許可されている基本の大きさ程度にとどめていると、頭や体のすっきり度が全然違う。腹八分目で甘い物も一週間に一度か二度、というパターンが、体調維持にいちばんいいと、体感しているのではあるが、それができないのが困る。

還暦間近になっているのに、どうしてこんなことができないのかと、情けなくて仕方がない。とはいえ以前に比べれば、食事の量でも甘い物に対しても、あの何かに憑《つ》かれたような食べ方はしなくなった、というかできなくなった。なのにちょろちょろと、いけないことをやらかす。通常の調剤とは別に、小声で、

「『呉茱萸湯』と『半夏瀉心湯』をください」

とお願いすると、先生は、

「はい、わかりました。予防ですね」

と笑っている。いつか、

「持っていきますか」

と先生に聞かれても、

「いいえ、結構です」

と堂々と胸を張って断れるような人間に、早くなりたいものである。

漢方にも影響を与える易学によると、年が改まるのは二月の節分からなのだが、一月になると、つい、

「去年はねえ……」

といってしまう。漢方の先生と話をしていて、社会的にはいろいろとあったけれど、個人的には体調も変動がなく、いちおう、

「よかった、よかった」

とお互いに安堵《あんど》した。

「二〇一三年は五黄《ごおう》の年だったでしょう。いろいろと変動が起きる落ち着かない年だったんですよね」

先生が教えを受けた、亡くなられた大先生は、

「五黄の年は気をつけろ」

と常々おっしゃっていたという。たとえば不動産を取得しても、手放す結果になる場合が多く、大きな買い物は避けたほうがいいといわれている年回りだったようだ。

「去年に比べたら二〇一四年は穏やかな年のようなので、少しは安心しますけれどね」

今の世の中はいつ何が起こってもおかしくないので、年によってそれほど違いはないような気もするが、気をつけろといわれるのと、ちょっと安心といわれるのとでは、気の持ちようが違ってくるのだ。

それとはあまり関係ないが、私は年頭からカフェインを摂るのをやめてみた。夏は常温の水も飲むけれど、冬の水分補給は、白湯《さゆ》か紅茶だった。多く飲んだ日で一日にカフェインレスの紅茶二杯に、普通の紅茶が一杯だったのを、すべてカフェインレスのみにしている。

私のカフェイン生活は長い。父親がコーヒー好きだったので、インスタントコーヒーは家に常備されていたし、たまに豆を挽《ひ》いて本格的にコーヒーを淹《い》れていた。両親はブラックで飲んでいたけれど、小学生の私はクリープを入れて、ミルクコーヒーにして飲んでいた。それからずーっとコーヒーはなくてはならないものになっていた。会社に入ってからも、三十歳で会社をやめてからも、コーヒーを毎日、六、七杯は飲んでいたと思う。

三十代のはじめだっただろうか、胸に小さなしこりがあるような気がして、あわてて近所の病院に行ったら、先生が、

「うーん、あなた、コーヒーたくさん飲むでしょ。それに左肩にショルダーバッグをかけてるんじゃないの。その両方をやめて、まだしこりがあるようだったら、また来て」

といわれたのだった。いわれた通りに、コーヒーをやめようとしたのだが、これが辛いのなんの。ものすごい頭痛に襲われて泣きたくなった。我慢できずにちょっとだけ飲むと、嘘のように頭痛は消えた。しかし体のほうが大事なので、仕事をしながら頭痛に耐え、ショルダーバッグを手提げタイプに替えたら、ひと月でしこりは消えた。コーヒーを飲み過ぎたと反省して飲む回数を減らし、牛乳が苦手なので、三分の一を豆乳にして飲んでいた。

三十代の後半、うちの近所の喫茶店での打ち合わせで、私はカフェオレを一杯飲んだ。すると家へ帰る途中で、ものすごい動悸《どうき》に襲われ、歩けるけれども明らかに体が変調をきたした。倒れないようにと必死で歩いて家に戻り、水を飲んで横になっていたら、三十分ほどで元に戻った。このとき私は、自分の体がコーヒーの許容量を超えたと悟り、それからは紅茶、中国茶、日本茶に替えたのだった。

それらにもカフェインは含まれているし、カフェインレスのお茶も増えてきたので、それらを試してみた。なかには溶剤でカフェインを抜いているものもあるので、そうではないものを選ぶのも肝心だった。そこでカフェインありとなしで、いちばん風味の差が少なかったのが紅茶だった。私が飲んでいるものは、やっと見つけたオーガニックで、カフェインレスでも〇・二%ほど残留しているらしいが、このくらい微量だったら問題ない。慣れると、普通の紅茶を飲んでいると、それがちょっと強いかなと感じるようになってきた。喫茶店やレストランで供される紅茶には、まずカフェインレスはないので、カフェインは外で飲食したときに摂取するようにして、ふだんはなるべく体に負担が少ないものを摂るようにしたのだ。

　以前のコーヒーのときと同じように、ものすごい頭痛に襲われるのではとちょっとびびっていたが、そんなことはまったくなかった。そしてカフェインレスの選択をしたのがよかったのか、体調がよりよくなった。以前は、朝起きたときから疲れている感じがしたり、自分は寝ているようでも、先生からマッサージ中に、

「ちゃんと眠れていますか」

　と聞かれたりしたので、自分が考えているよりも、眠りが浅かったのかもしれない。しかしこれまでもネコに起こされない限り、途中で目が覚めることはなかった。睡眠中に地震があっても気がつかない。その数日後に友だちと会って、

「震度3の地震、びっくりしたわねえ」

　といわれても、

（え？）

　と首を傾げるしかなかった。そこで、

「私、知らないで寝てたのよ」

　とはいい出せず、

「ああ、そうね」

　と適当に話を合わせていたのだが、頻繁に地震が起こるようになった昨今、さすがに

大地震だったら目が覚めるだろうが、震度3で目が覚めないのはちょっとまずいなとは思うようになった。でもどんな状況であっても、助かる人は助かり、助からない人は助からないと深くは考えないようにした。

とはいえ私は基本的に、きっちりしていないゆるい人間であるので、普通の紅茶を飲みたいときは飲んでいる。それでも一週間に一杯か二杯だろうか。カフェインレスにはない刺激がやっぱり心地いいのだけれど、前のように毎日飲みたいとは思わなくなってきた。カフェインを体に入れないほうが、体質に合っていたか、年齢的なこともあるのかもしれない。

先生からは、薬を重点的に効かす必要があるときは、コーヒーは控えたほうがいいといわれた。コーヒーよりも紅茶のほうが体を温める性質があるからのようだ。

「それでも私は、飲みたいときは飲んでますよ」

そう先生はいう。私のように一日、最高六個もまんじゅうを食べていたのと同じように、一日に十杯も飲んでいたのはやはり異常である。何でもほどほどがいいのである。そしてたまに出先で飲む、カフェインが入った紅茶がとてもおいしく感じるのもまたいいのだった。

「人間の体は耐用年数が五十年くらいですからね。それ以降は食事などの毎日の生活習慣に注意するなり、第三者の力を借りていかないと、維持するのが難しくなりますよね」

私は今年、暦が一巡りしてしまったので、より気をつけなくてはいけない。昔に比べて日本人も長命になったけれど、還暦以降、命をいただいているのは儲《もう》けものだと考えて、いつ何時、何があっても仕方がないと思っている。現代の平均だと、人の手を借りないで自由に行動できる健康年齢は、男性のほうが少し早いけれど、男女とも七十代の半ばくらいだと聞いた。それから平均寿命までのほぼ十年間は、日常的に何かしら人のお世話になる必要が出てくる。健康年齢を超えると、一段階、老化に近づくということなのだろう。

「人間もそうだけど、今は家で飼っている動物の高齢化も問題だから、いろいろと大変ですよ」

先生のお宅には十三歳の小型犬が一匹いて、ここ一年半はドッグフードは一切食べず、干しいちじくのみで生きているのだという。

「本当に大丈夫なのかしらと心配になるんですけどね。毎日散歩にも行っているし、元気にしてますけど」

その子は二年ほど前に子宮の病気がわかって手術した。その後、手術の際に剃《そ》ったお腹の毛が生えてこなくなり、とても寒がるようになった。そこで先生が滋養強壮の漢方薬をドライフードにかけて与えたところ、お腹の毛が生えてきて、今では前にも増してふさふさになった。しかしそれから食事は干しいちじくのみになった。

当時先生は、イヌの患者さんも見ていた。飼い主が薬局に通ってきていて、うちの子が皮膚病になったからどうにかならないかと、連れてきたのが最初だった。

「イヌって汗腺がないでしょう。だから汗を出すような薬は出せないんですよね」

エキス錠をフードにかけて与えたところ、皮膚病は治った。もう一匹、飼い主と共に四年ほど通っていた子は、もうだめだと飼い主があきらめてから、先生宅の子が服用しているのと同じ薬を服用し続けて三年、食欲も戻ったものの、つい先日、二十三歳の天寿を全うした。

先生が見たのはこれらのイヌ二匹だけで、ネコは見た経験はない。

「たまたま効いたのか、本当に効いたのかわからないんですけどね」

患者さんが腎臓用に処方された煎じ薬を、テーブルの上に置いておいたら、高齢の飼いネコが紙の薬袋を食い破って食べた話は前にも書いた。

「動物も何が効くか、察知するんでしょう。今の動物たちは具合が悪くなると、病院に連れて行ってもらって、薬を飲んだり、注射を打ってもらったりするけど、昔はイヌでもネコでもそこいらへんの草を食べたり、土の上にじっと丸くなって寝ていたりして、体調をなおしていましたよね。自然にあるもののほうが、動物たちにとっては相性がいいのかもしれないですね」

最近は動物病院でもヨガや鍼灸《しんきゅう》、漢方を取り入れたりしているところも多くなってきたが、これからは人間と同じように、西洋医学と東洋医学を併用して治療に取り入れられていくのではないだろうか。ちなみにうちのネコは、今でも私が持って帰る薬には何の関心も示さない。

「ともかく今年はすべてが穏やかに進んでいけばいいわねえ」

二人でうなずいていると、先生が、

「そうそう、水が滞る体質の人に話そうと思っていたことがあるの」

と突然、いいはじめた。私も面識がある先生の知り合いの女性が、年末に転倒して目の横を切ってしまった。先生が見て和漢薬とマッサージで回復は早かったものの、

「彼女も水が滞る体質なのだけど、切ったときに普通は血だけが出ると思うでしょう。ところが血は少ししか出なくて、水分がたくさん出たんですって。それだけ顔に余分な水が溜まっていたのよ」

血液よりも水のほうが多く出る怪我《けが》って、信じられない。私の頭の中では、水が溜まったゴム風船に穴が開き、ぴゅーっと水が噴き出す光景が浮かんできた。彼女はとても顔面に水が溜まっているようにも見えなかったし、私は顔のむくみが明らかに自覚できるときがあるので、顔面を切ったらどれだけ水が噴き出すのだろうかと、心配になってきた。ふなっしーは、

「梨汁ブシャー！」

と叫んでいるが、「無駄水ブシャー！」といいたくなるほど、水が噴き出すのではないか。

「うーむ。顔面の溜まり水、恐ろしや」

新年早々、穏やかな気持ちになったのもつかの間、顔から血よりも水が出たという話

を聞き、私は自分の顔をさすりながら、複雑な思いで家に帰ったのであった。

ある日、私が漢方薬局に入るなり、先生に、

「髪の毛をカットしましたか」

と聞かれた。

「いいえ、カットしたのは二週間ほど前だったんですけど」

「あらそう。ふだんよりもサイドの髪がすっきりしているので、カットをしたように見えたのだけれど」

前日、私はシャンプーを替えたばかりだった。それまではオーガニックのリンスインシャンプーを数年ほど使い続けていた。一本で済むし、使い心地もよかったので愛用品だったのだが、最近、それを使うと髪の収まりが悪くなってきた。もともと私は直毛ではなく少し癖があったのに、それが年齢を重ねるにつれて新たに妙な癖が出てきた。シャンプー後にやたらと頭皮が痒くなったりもしたので、肌に合わなくなってきたのかなと思っていた。シャンプーの替え時かと、ヘアサロンもある髪の毛に関しては専門的なメーカーのサイトを見たら、目的別にたくさんのシャンプーやリンス、トリートメントのラインがあった。それを見ながら、

「艶も欲しいし、トップにはボリュームも欲しいし……」

など、目移りしていったのだが、そうなると何本も購入しなくてはならなくなる。

「うーむ」

腕組みをしながら、サイトの画面をしばらく眺めていた私は、

「あれこれいっても私の年齢では、若向きじゃないのを選んでおけば、問題ないっていうことじゃないのかね」

と理解して、オーガニックの刺激が少ないシャンプーと、コンディショナーを購入した。それらを使った翌日、先生にそういわれたのだった。新しいシャンプーの効果は大きく、欲しいボリュームは維持しつつ、収まってほしいところは収まるようになってくれたのだった。

髪の毛に関しては、問題はなくなったのだが、翌週、薬局の予約の二日前、ちょっと嫌な予感がして鏡を見たら、一年以上収まっていた、角膜下出血の「惨劇が再び！」になってしまった。といっても以前のようにぱっと広がるわけではなく、左目の眼球の下のほうに小さく出血しているだけで、目立つというわけではないのだが、それでも私にとっては大ショックだった。

「くくー、あと少しだったのに。土用中だったんだから、もうちょっと気をつければよかった」

自分に腹が立ってむっとしたり、悔やんだりした。少しでも早く治さねばとあわてて

「牛」を飲み、目が切れたときに飲むようにと先生から指示されている、「桂枝茯苓丸」と、「葛根湯」のエキス錠を一包服用した。「葛根湯」は体を冷やすからなのか、私は続けて飲むと胃が重くなる感じがしたので、飲んだのは二日間六包だけで、後は「牛」と「桂枝茯苓丸」を服用していた。

あと少しというのは、数日後には、一月十七日からはじまっていた土用が、二月四日の立春に明けるからである。厳密にいえば暦を見ると表記してあるのだが、年四回の土用が明ける、立春、立夏、立秋、立冬の欄には、時間が書いてある。たとえば二〇一四年の場合、立春は七時三分、立夏は五月五日二十二時五十九分、立秋は八月七日二十三時二分、立冬は十一月七日二十一時七分とあり、その時間の前までは土用になる。なので朝になって立春、立夏になったからといって、きっかり土用が明けたというわけではないのだった。

体調が悪かったときは、土用になるとびくびくしていたのだが、体調がよくなると、いちおう気をつけはするけれど、まあ大丈夫だろうと気が緩んでいたのも事実だ。インターネットは一日三十分、仕事は一日二時間と決めていたのに、それさえも、うやむやになってきていた。また最近はうちのネコに夜中に何度も起こされるようになり、睡眠が分断されて睡眠不足になっていた。目が覚めてもすぐに寝られるので、そのまま眠れなくなるというわけではないけれど、やはり自分の思ったように眠れないのは辛い。ずっと頭が軽くぼーっとしていて、疲労感を感じていたのに、何とかなるだろうと軽く考えていたのが、何とかならなかったのだ。

先生は私の目を見て、

「ひどくはないですね。薬を飲んでいるので、血流がよくなっているからでしょう。でもやはり切れるというのはよろしくないことなので、気をつけないと」

先生がマッサージのために、いつものように私の体に手を置くと、

「今回は切れた原因は食べ物じゃなくて疲れですね」

といった。首、肩、背中、腕を揉みほぐしてもらうと、

「はああ〜」

と体が緩んでいくのがわかる。そして頭を揉みほぐそうとした先生が、

「あらっ」

と声をあげた。いったい何かと身構えた私に、

「どうしましょう。頭の皮がかっちかちになってる」

と先生は困ったような声を出した。

「ほら、わかるでしょう」

先生が頭皮を揺すってもとても動きが悪い。いつもはもっと、かっくかっくとまるで頭の上にかつらをのせているかのように、頭皮が動いていたはずなのだ。

「本当ですね。固まっちゃってますね」

「あら、大変、こんなことはなかったのにねえ。疲れが溜まっちゃったんですね」

先生がごりごりと頭を揉みほぐしはじめた。

「切れたあたりはやはり痛いですよね」

頭皮が全体的に凝っているのか、いつもよりはやや痛いけれど、特に目の横の耳の上部を揉みほぐされると、思わず、

「うぐぐぐ」

と声が出てしまう。しかしリンパマッサージの激痛にあれだけ耐えてきたので、それに比べれば何でもない。そう思うと、あの痛さを体感しておけば、何にでも耐えられるのだなと、あらためて感じた。

しばらくマッサージされているうちに、少しずつ頭皮が動くようになった。そしてぼーっと軽くのぼせたようになっていた頭も、霧が溜まっていたような感じだったのが、全部がどこかに消え去ってくれた。

「ああ、すっきりしました」

「それはよかった。寒いとね、どうしても血流が悪くなるから、脳梗塞も多くなるしね。まだ目に見える部分が切れるからいいけれど、もしかしたら目に見えない部分も、切れていたりする可能性も捨てきれないので、無理をしないでくださいね。土用の間は特に注意して」

肌に合わない物をつけると、すぐに痒くなったり、ぶつぶつが出たり、疲れ過ぎたり甘い物を食べ過ぎると、目に見えるところに異変が出る、私のようなタイプは、体の変

化が察知できるから、まだましかもしれないけれど、体の中のことはよくわからない。せっかく注意のサインが出ているのだから、無理は禁物だと思うのだけれど、仕事はしなくちゃならないし、溜まっている本も読みたいし、趣味の編み物や和裁もしたい。先生から一日にどれかひとつといわれていたのを思い出して辛い。

「前に比べて体調がよくなったからといっても、若返ったわけではないですからね。老化していくのが緩やかになっただけで、確実に歳は取っていくので、前と同じことをしようとしたらだめですよ。これから先、老化していく体に応じて、薬を替えていく必要もあると思いますし」

体調がよくなってくると、若返ったと錯覚しがちだが、実はそうではなく、老化する速度が速いか遅いかだけで、老いることには変わりはないのだ。

「そうですよね〜」

しみじみ感じ入りながら、出されたお茶をいただいていると、熱心に頭をマッサージしてくださった先生が、

「髪の毛、前よりもずいぶん柔らかくなってますよ。やっぱりシャンプーの効果があったんじゃないでしょうか」

という。

「そうですか。私はカラーリングも一切してないし、ちょっと癖があるので、白髪まじりの髪の毛をただ伸ばしているだけだと、汚らしくなるんですよね。カットをこまめに

しないと。それだけは気をつけないといけないんです」

「パーマはかけてないんですか」

「今まで一度もかけたことないです」

「えっ、ずーっと、今まで？」

「はい、生まれてからこの歳まで一度も」

私は高校生のときはロング、大学生になってから長い間、ずっと肩までのボブヘアにしていた。シャンプー後、適当に乾かしても自然に内巻きになる癖だったので、面倒くさがりの私にとっては、最適なヘアスタイルで、スタイリングするためにパーマをかける必要がなかったのだ。カラーリングも歳を取ったら銀髪になるのが夢だったので、染める気もなく、両方ともやらずに今まできてしまったのだと説明した。

「それは貴重な……」

先生は、棚から分厚い漢方の本を出し、また、

「それは貴重ですよ」

とつぶやきながら急いでページをめくりはじめた。

「薬のなかに髪の毛を燃やした粉を混ぜて、服用する方法があるんですよ。今は、子供でさえカラーリングしているような時代でしょう。ほとんどの人が一度はパーマをかけたり、カラーリングしているから、何もしてないなんて本当に珍しい」

先生が指し示したところには「馬墜《ばつい》」と書いてあった。「馬から落ちたとき」という

意味だそうで、昔は陸地の移動手段は馬が多かったから、馬の背から落ちたとき、他の理由で体を打ったときの治療として使ったようだ。見ると髪の毛を使うと書いてある。

「二、三年前に知り合いの男の子が、スポーツの試合に出る直前にひどい打ち身になったんですけれど、その髪の毛を見つけるのが大変だったんですよ。つてをたどってやっと女の子の髪の毛をもらったんですけど。でも彼にこの薬を飲ませたら治って、試合にも出られるようになりましたからね。私は昔から伝わっているこの方法で処方しただけなんですけどねえ」

髪の毛といい、紅絹《もみ》の腰巻きを焼いたものとか、米を蒸した晒《さらし》の布とか、漢方薬の材料には驚かされる。またそれで症状が改善されるのも不思議で仕方がない。

「パーマもカラーリングもしていなかったら、おばちゃんの髪の毛でもいいんですか。原料が古すぎて不可なんじゃないでしょうか」

先生はもう一度、本を確認していた。

「そんな注意書きはないから、大丈夫だと思いますよ」

「そうですか、それでは御用の節は何なりとおっしゃってください」

「わかりました。そうか、一度もパーマもカラーリングもねえ……」

先生は感心したように何度も繰り返していた。いつか私の髪の毛も、体をめちゃくちゃ打ち付けた、どなたかのお役に立つときがあるかもしれない。老化の二文字からは逃げられないと、よーくわかったが、おばちゃんの体でも役に立つ可能性があるのは、うれしいことなのだった。

二〇〇八年に体調が悪くなってから、六年経ち、激痛だったリンパマッサージもまったく痛くなくなり、当時よりははるかに体調はよくなってきているけれど、加齢という問題はこれからもずっと続く。体調が回復したのはいいけれど、加齢による体のトラブルのほうが上回れば、再び体調が悪くなる可能性がある。私は体調がよくなってうれしくなり、これで不快な症状と永遠にお別れできると考えていたのだが、その別れたい相手はまたすぐに戻ってきて、私の体にまとわりつく可能性が大なのだった。

五十代になってから、朝起きたときから、一日元気に過ごせるというわけにはいかなくなった。そんな話を若い人にすると、

「私は今でも、朝から体調が悪いです」

という。

「まだ二十代でしょう。どうしたの」

と聞くと、仕事が終わって家に帰ってからも、携帯電話を手から離せず、ネットショッピングやらＬＩＮＥで、あっという間に時間が過ぎてしまい、気がつくと日付が変わっ

ているのだという。

「夜中の二時か三時に寝るのが普通で、朝は七時には起きなくちゃならないし。毎日、そんな感じなんです」

私も若い頃は夜型で、夜更かしもして睡眠時間も短かったけれど、朝起きて調子が悪いと感じた覚えはなかった。

彼らはまだこれから修正可能だろうが、おばちゃんのほうは先が見えているから、年代物になっていくこの体とおつきあいしていくしかない。日々、不快感はないけれど、いまひとつという感は否めない。私の場合、寝起きはそうだが、朝ご飯を食べて体が温まると、いまひとつ感はなくなっていき、仕事をやる気にもなってくる。午前中はメールチェックや仕事をして、十二時から昼ご飯を食べる。一時まで休んで仕事を開始して、午後三時頃についおやつを食べ過ぎると、再び気分は逆戻り。実はおやつを食べて満足するのは頭と口の中だけで、内臓のほうは喜んでいないのだ。

深く反省しながら「呉茱萸湯」や「半夏瀉心湯」を服用すると、体がすっきりする。先生がおっしゃった、私の体調の悪さは胃から来るといった言葉そのものだ。そこで晩ご飯を腹一杯食べたりすると、ダメ人間になるので、心を鬼にして腹八分目にしておくと、やっぱり翌朝の気分がいい。快い寝起きは、前日の食事の仕方によるのだが、それがうまくコントロールできないのが困る。生活態度を見直して多少は改善されたものの、未練がましくいつまでも「甘い物は……」とか「食べ過ぎた」などといい続けているのが問題なのだ。

何度も書いているが、生活習慣を修正するのは簡単にはいかない。煙草はある種の病気のリスクを上げるために、少数ではなく、ゼロ本が望ましいといわれているが、それに比べて酒は、病気をかかえていない場合は、適度に飲むのならばよしとされているので、やめづらいかもしれない。私は酒も煙草も口にしないので、それらを口にしたときにもたらされる快感というか、喜びはわからないのだが、甘い物を食べたときの、

「う～ん、おいし～い」

とちょっとうっとりして、幸せな気分になる感覚と同じではないかと想像している。

体調が悪くなる前までは、ほぼ毎日、

「う～ん、おいし～い」

のうっとり幸せな感覚が欲しくて、仕事中に甘い物を食べていた。しかしそれが原因とわかってから、それを日々の生活から遠ざけるのは本当に大変だった。これまでの生活を思い出すと、薬を効かせるために、二週間、甘い物を禁止されたときが、いちばん辛かった。体調不良よりも辛かった。禁煙、禁酒を命じられた人も同じような気持ちで、

「こんなに精神的に辛いのなら、体の具合の悪いほうがまし」

と考えた日もあったのではないだろうか。それでも私は、「ぐあああ」とか「んがー」とか、わけのわからない声を出しながら、和菓子の写真などは極力見ないようにし、この世には和菓子店などは存在しないものと思ってじっと耐えた。

そのおかげで現在の体調があるわけだが、それでも加齢に勝てないとなったら、

「いったい、どうなってんだ！」

と怒りたくなる。あれだけ耐えたのだから、これから体の不調は一切ないと、お墨付きが欲しいくらいだ。しかし悲しいかな、人の身体はそのようにできてはいないのである。


私が今でもずっと、禁欲的な生活をしていると思う人もいるようだが、それほどでもない。甘い物も食べるし、会食のときは何でも食べる。もちろんデザートもすべていただくし、それも楽しみだ。しかしいちばん問題なのは、口に入れるものの量をどうするかなのだ。年々、消化できる量が少なくなっているけれど、それがうまく認識できない。つい以前と同じように食べては、何時間後かに、

「あれ？」

と首を傾げたりする。


甘い物は一週間に一度にとどめようと努めているが、土用の期間になるとコントロールがとても難しくなる。通常に比べて食欲が出てくるし、甘い物も欲しくなる。すべて問題なく消化できると錯覚するのが土用の恐ろしさで、自制せずに食べてしまうと、後が大変になる。私の場合、年に四回の土用は、ふだんにも増して、食べる量に気をつけなくてはいけない期間なのだ。

二〇一四年の一月中旬から二月の頭にかけての土用のとき、最初は自粛していたが、

もうすぐ終わりというときに、我慢していたものが噴き出してきて気が緩み、いただきものもあったので、毎日、甘い物を食べてしまった。何の根拠もないのに、大丈夫な気がしたので、甘い物を食べたときにワンセットになっている、「呉茱萸湯」も飲まなかった。

「体調も戻ったのだから、何もしなくても平気かも」

と考えたのが甘かった。

その二日後から、めまいはしないけれど、頭がとにかくぼーっとしている。ずーっとのぼせたような感じになっていた。なのでいつもどこか不安定な感じがするし、気分もすっきりしない。体重を量ったらあっという間に二キロも増えていた。こんな短期間にそんなに増えるのは、毎度おなじみの水が溜まった証拠である。

「あんたはどれだけ、同じことを繰り返さないとわからないんだ！」

とめちゃくちゃ自分を叱りつけ、

「これから一週間、甘い物禁止！」

といい渡した。そこからはまた甘い物抜きである。過食も水が溜まる原因になるので、食事の量もやや少なめにしていたら、これまたあっという間に体重が元に戻り、ぼーっとした感じも一切なくなった。

先生から、

「体がニュートラルな状態になると、ちょっと面倒くさくはなるんですけどね」

といわれたのが、あらためて思い出される。ちょっと体によろしくないことをすると、すぐに体調の悪さとして出てくる。体の反応が鈍くなり、体調が悪くなるまで気がつかないよりも、すぐにわかったほうがいいのかもしれないけれど、まるで体内にこうるさい小姑が住み着いたみたいになる。

「そんなに細かくチェックして、拾い出さなくてもいいじゃないか」

といいたくなる。でも頭がぼーっとしていた私が、それを無視して甘い物を食べていたら、きっとまためまいに襲われたに違いない。その点では助けられているのだが、それでも面倒なのは間違いない。それだけ私はしてはいけないことをしているという証拠なのだ。

「食べ過ぎ、オーバーワークはいけません」

と先生に注意されたのに、その禁を破るとあまり体がいい感じではなくなる。特に最近はその感が強い。加齢による影響ではないだろうか。パソコン画面に向かっていると、座っているだけなのに、精気を吸い取られるような気分になる。そして無理をすると前項のように、頭皮が固くなってしまうわけだ。

「どうしたらいいでしょうかねえ」

ため息まじりに先生に聞くと、

「特に寒い時期は血行が悪くなりますからね。それによって、頭痛がひどくなる人もいますし。無理はだめですよ」

頭を使っているから血行がよくなるわけではないらしい。もしかしたら自分でそう思っているだけで、実際は頭は使っておらず、ただ疲れているだけなのだろうか。

「頭がぼーっとしたときは、とにかくこまめに休むことですね。できれば三十分くらい、少し横になるといいですね。そのときも寝ながら、仕事をどうしようとか、あれこれ考えちゃだめですよ。ただ目を閉じて何も考えないっていうのが大切なんです。仕事をしている最中は、気持ちが入り込んでいるから、疲労を感じないんです。実は疲れているのに仕事を続けていると、甘い物、煙草、コーヒーが欲しくなるんです。それを続けていると、よろしくないスパイラルに入ってしまうんですね。甘い物を食べたくなったときは、すでに体が疲れているんです」

ファクスが普及する前、私は原稿を出版社に届けていたが、各社の編集部のテーブルに、甘い物が置いていないところは一社もなかった。なかには部内の事務机のひとつがお菓子置き場になっていて、和菓子、洋菓子、駄菓子が山のように積まれている編集部もあった。女子社員が、

「お菓子がないと上司が怒るので、いつも補充しておかないといけないんですよ」

と小声で教えてくれたものだった。ファクスが普及してからは、原稿のお届け作業はなくなったが、編集部に箱入りのお菓子を送ったりすると、

「ありがとうございました。一瞬でなくなりました」

とお礼のメールが届いて、びっくりした。部には七人しかいないのに、三十個が一瞬

にしてなくなる。それだけ男女の関係なく、仕事中に甘い物を欲していたのだろう。禁煙してから甘党になったという男性も多いと聞く。

「なかなか難しいでしょうけど、仕事をしているときに、こまめに休憩を取れれば、コーヒーを飲み過ぎたり、甘い物も食べなくて済むようになるでしょう。とにかく早め、早めに対処するのが大切なんです」

先生はそういうけれど、その「早め」を認識するのが難しい。私は家で仕事をしているので、好きなときに横になったり、昼寝もできるけれど、会社に勤めているとそうもいかない。こまめに休みを取っていたら、上司、同僚から、

「あいつ、さぼってる」

と冷たい目を向けられかねない。その結果、仕事終わりのとりあえずビールと、暴飲暴食で憂さを晴らすようになる。だからビールがおいしいという図式にもなるのだが。

先生としては、その振り幅の大きさが、

「たまにはいいけど、いつもはだめですよ」

ということになるのだろう。

日常生活を修正して、多少、老化する速度が遅くなったとしても、加齢はきっちりと追いついてくる。生まれ持った体質、個体差も影響するのだろうが、ウサイン・ボルト級の速度で加齢が追いついてきたらどうしよう。せめて地区の運動会で足が速いおじさん程度にしてもらいたい。こつこつと続けるのが一度きりではなく、ずっとやり続けな

くてはいけないのが辛い。お世話になっている先生には申し訳ないが、まあ仕方がないかとあきらめているのだ。

体調が悪くなり、必死に節制して、体調がよくなっても、加齢によって自分の生活をそのつど省みなくてはならなくなったのは、私にとって面倒くさいのひとことである。あんなに我慢したんだから、一生、快調でいいじゃないかといいたくなるのだが、加齢は残酷で、気持ちに反して体のほうはがくっがくっと衰えていく。老いはなだらかに下降線を描くものと想像していたのが、中年になってそれが階段状であるのがわかった。

がくっと下に落ち、それからしばらくフラットな状態が続き、そしてまたがくっと落ちる。そのがくっと落ちたときの対応が肝心になる。ところが最近は、階段でいえば足をのせる平らな部分が異常に狭くなり、そのかわりに段差が激しくなってきたような。私は仕事もさせてもらい、大病も患わず、日々、食べたい物が食べられ、行きたい場所にも行けるのだから、それ以上を求めるのは強欲といわれても仕方がないのだが、それにしても、なのである。

体調を戻すために、あんなに好きだった甘い物を、完全にではないが、ほとんど食べないように習慣づけるときは本当に辛かった。今でもちょっと辛い。若い頃は自分にいろいろなものを加えていくけれど、中高年になるとそれまで自分の身についたものを、やめる、減らす、変えることが必要になる。それには努力や我慢が必要なので、この歳になってまで、自分を辛い目に遭わせたくないのだ。

私には読書、編み物、和裁、小唄、三味線という趣味があった。このなかで私の体調に影響するのは、読書、編み物、和裁である。どれも目を酷使し、前屈みになりやすい。最近、根を詰める作業をすると、日常生活には支障はないものの、頭がぼーっとするようになった。漢方薬局の先生は、

「春は気が上にのぼるので、めまいを起こしたり、頭がぼーっとしてのぼせたりという症状が出やすくなるんですよ」

といっていたが、最近は特に、前よりも時間は減らしているのに、編み物をした後に、ぼーっとすることが多くなってきた。先生からは、お世話になった当初から、オーバーワーク禁止のために、

「一日にやることはひとつだけ」

といわれていたのに、それを破って仕事の後に編み物をしたり、本を読んだりしていた。しかし断腸の思いで、これから編み物、和裁からは手を引くことにした。毛糸や反物などはバザーに、針、糸などの道具類は必要最低限のものだけを残して処分した。趣味のない人生は悲しいので、目を使わなくてもよく、背筋を伸ばして唄い、弾く、小唄と三味線を習っておいて本当によかった。

最近はずっと肩が前に入っていたため、肩と腕のマッサージが主流である。肩が正し

い位置になるように姿勢をとると、ぐっと胸が開く。試しに片腕ずつ上に上げると、真上に上げているつもりが、実はそうなっていない。利き腕の右はちゃんと正しいポジションまで動かせるのに、左のほうは真上まで上げにくくなっている。

「普通は利き腕のほうに負担がかかるんですけどねえ」

首を傾げる先生に、寒い間うちのネコは、私の心音が聞こえる位置、つまり左腕でかかえるようにして腕枕をしてくれとせがむので、毎日、不自然な格好で寝続けていたせいではないかと説明した。

「最近は暖かくなったので、それからは解放されたのですが」

「それでは今後はよくなるかもしれないですね。肩が前に入ると、肋骨の部分にまた余分なものが固まりはじめますからね」

「げっ、私が鳩胸だと思ってて、実は老廃物の塊だった、あれですね」

「ええ。またあれを剥がさないといけなくなりますよ」

「ひえー、それだけは嫌ーっ」

私の人生史上、最悪の痛みだった、あの恐ろしい状態に戻るのは絶対に嫌だ。やめていた入浴時のリンパを流すオイルマッサージを、またやらなくては。

「体の中央から脇のリンパに向かって流してくださいね。それと老廃物が溜まっていたところを、伸ばすような感じで腕をゆっくり回してみてください。どこかが縮んで固まっているから、腕がスムーズに動かないので」

老廃物どもは、

「また溜まってやるぞ」

と私の体内で狙っている。本当に腹立たしい。何としても老廃物を溜めないようにしないと、またあの激痛が待っている。食べ物に気をつけ、以前に比べて節制した日々を送っているつもりなのに、それでもまだ私の体は、毎日元気というわけにはいかない。この年齢になって、毎日完璧に元気でいようとすること自体が、図々しいのかもしれないが。

甘い物を多めに食べたりすると、翌朝、これは角膜下出血の「惨劇」を起こしていた左目だけに出るのだが、下まぶたの目尻寄りの目の縁が薄赤くなる。先生に、

「それは余分な水分が溜まりはじめた証拠ですからね。気をつけてください」

といわれてしまった。漢方薬局で、こうやったら、こうなるという、原因と結果を教えていただいて、体の不都合の原因がわかったのはいいけれど、自分なりに対処したつもりでも、いまひとつ詰めが甘い。いまだにやっちゃいけないことをやってしまっているのも事実だ。でも人間たるもの、ずーっとそんなにまじめにやっていられないのではないか。

「ちょっとくらい、いいじゃないかよお」

と暴れたくなるのだが、体は目の縁を赤くさせたり、頭をぼーっとさせたりして、

「ちょっと、やってくれましたね」

と厳しく私を責めるのだった。

あれこれやりたいことを増やすのは楽だが、減らすことの何と大変なことか。たとえば私は持ち物が多い自覚があるので、ひとつ買ったら二つ減らすを実践しているのだが、一向に部屋が片付く気配がない。何も買わずに毎日、十個ずつ減らさないと、片付かないような気がしている。それでもいざ減らすとなると、「値段が高かった」「思い出がある」など、あれこれ迷い、すべてを思い切って捨てられない。自分でも何と欲が深いかと呆れるのだが、この欲の深い私が、自分でできる限り甘い物を我慢したのに、それでも体調が悪くなることに、憤慨したくなる。毎日元気でいたいという気持ちも欲が原因なので、日々節制はしつつ、自分の今の状態を素直に受け入れなくてはならないのかもしれない。

先生に私のそんな欲の話をしたら、

「私は前の家に住んでいたときに泥棒に入られて、それですべて吹っ切れました」

といった。泥棒が盗むのに失敗した車以外、中学生のお嬢さんのアクセサリーまで、すべて盗まれてしまった。

「ブランド品も持っていたんですけど、自分が身につけていたもの以外、全部、無くなりました。そのとき『ああ、こういうことなんだ』って、よくわかりましたよ。それ以来、あれが欲しいとか、これが欲しいとか、そういった感情はなくなりましたね」

先生は淡々としている。それくらい達観しないとだめだとつくづく感じた。「もったいない」「値段が高かったから」などと優柔不断にしているから、私は甘い物との縁がすぱっと切れず、腐れ縁になっているのだ。最初の体調の悪さから比べれば、我慢した結果が出ているのだから、それでよしとしなくてはならない。なのにニュートラルな状態に戻って、いろいろと教えてくれている自分の体に対して、自分が悪いのに面倒くさいなどと、文句をいうのはいけないと反省した。

「自分の生活から何かをマイナスするのは大変だけど、効果が上がるとそれが持続するのではないですか」

先生が血圧が高い、独身の四十代の男性を見たときの話をしてくれた。食事の内容を聞くと、自炊をする気もなくすべて外食だという。朝食は食べず、昼と夜に集中して食事を摂る毎日で、夕食は接待を兼ねているので酒量も多くなり、胃がもたれていて朝食を食べる気がなくなっている。本人が自炊をする気がないので、外食の内容を変えるしかない。

「脂っこいもの、味の濃いものが好きでも、それをずっと続けていると、どうなるかわかりませんよ」

と、食事のアドバイスをした。

そばを食べたときに、そばにつゆをどっぷりつけず、つゆはそば湯を足して飲まないこと。ラーメンはスープはすべて残す。鮨のときも醤油は限りなく少なく、酒のつまみは油、塩気の多いものは避けて、豆腐を主にしたものにすると約束してもらった。

「何か日常生活でしちゃいけないことをしているんです。それが無意識になっているから、それに気付いてもらうのが大事ですね」

彼は先生の指導に従って、過剰な塩分を取り込まない食生活に改めた。漢方薬も処方したけれど、彼の血圧は二か月足らずで問題のない数値にまで落ちたのだという。

「薬を服用しなくても、日常生活を改善するだけで、効果が出る場合もあると思います」

先生は漢方であっても、不要な薬は飲まないほうがいいといっているので、そうなると本人の自覚が重要になってくる。

また一人暮らしの八十代の女性も、高血圧と診断されて薬局にやってきた。食事の内容を聞くと、朝昼晩と味噌汁《みそしる》を飲み、ご飯のおかずは、じゃこ、昆布の煮物、干物、漬け物などで、たまに和食のお惣菜も買ってくる。いわゆる昔ながらの日本の食事なのだが塩分過多なので、味噌汁は具だくさんのもので、かつ汁も少なめにしたものを一日一杯だけ。今までの醬油や塩の量では多過ぎるので、使う分量に気をつけるようにと指導し、彼女がその通りにしたら、こちらもすぐに血圧が下がった。お二人とも立派である。

「それだけ塩分って、血圧に影響するって、あらためて驚いたんですよ。お二人には強い薬は使ってなかったですからね。昔はご飯に味噌汁は、必ずセットになっていたけれど、最近は違ってきましたね」

私も塩分量は気になっていたので、塩分計を購入して測っている。目分量でちょっと多めに醬油が入ってしまったと測ってみると、「だめだめゾーン」の赤いランプが点滅する。食べてしょっぱいと感じないのにである。私は濃い味は好きではなく、薄味が好きだけれど、それでも塩分が多くなってしまうときがある。今は濃い味が好みの人が多いから、彼らは適量の塩分だと、とても物足りないのではないかと思う。

自分の体調が気になるとき、たまたまテレビなどで、体にいいという商品が紹介されていると、つい買ってしまう人が多い。飲食してもあまり効果は見られず、なかには体調が悪化する人もいる。私もサプリメントなどを買ってはみたものの、効果がみられなかったという経験が過去に何度もあった。私にとって快適に暮らすためには、

「増やすよりも減らすほうが大事」

だった。体によいことをするより、体によくないことをしないほうがいい。しかしこちらのほうがずっと難しいし辛いのだ。なかには増やしたほうがいい人たちもいるだろうけれど、多くの場合は過剰になっているような気がしている。

「年齢によって体も、自分を取り巻く環境から受ける感覚も違ってきますからね」

先生の言葉にうなずき、私も漢方薬局にお世話になってから六年目に入ったので、体も環境もこれからさまざまに変化するであろう自分の生活、そして健康への欲についても、あらためて先生に相談しなくてはと思ったのだった。

二〇一四年は冬から春にかけての体調がいまひとつよくなかった。漢方薬局の先生からは、

「旬の食べ物が、体にいちばんいい」

といわれていたので、いつも野菜を購入している店で目についた、「ふきのとう」を買ってきた。酢味噌和えにして食べようと洗っていると、触っている指先がすぐにアクで茶色くなってくる。しばらく水にさらして、塩を入れた湯でゆで、酢味噌で和えて食べたら、とてもおいしかった。

私は朝食の前か後に大を催すので、翌朝いつものようにトイレに行って用を足していると、びっくりした。とにかくものすごく臭いのである。あまりの臭いのひどさに、便座からずり落ちそうになったほどだ。

「どうしたんだ！」

物心ついてから経験したことがないくらいの臭いだった。この状態が続いたら、まずいかもと心配したものの、次の日からは以前に戻って問題なかった。たった一度だけであったが、あの強烈な臭さはいったい何だったんだろうかと首を傾げた。しかしふきの

とうを食べてからは、何となくもやもやとしていた体調が、少しましになって、体がしゃっきりとしてきたのだった。

もうひとつ、寒暖の差が激しく、気温の高い日のことだった。ふきのとうを食べた翌日とは別の日である。散歩をして家に帰ってくると汗をかいていた。

「あれっ、あたし、臭い？」

何度か確認してみたが、やっぱり臭いのである。せっかく寒さから解放されて春らしくなってきたのに、青い空が広がって、ご近所の家々の庭には花が咲いているというのに、何だか臭い私。がっかりした。しかしそれも一度だけで、翌日からは汗をかいても臭くない。臭いに鈍感になったわけでもなかった。体から出たものが臭いということは、体内に溜まる可能性があった臭い物質が、体の外に排出されたということでもあり、自分だけにしかわからないし、結果的によかったのではないかといいほうに考えた。

私がそれらを体験したのは、冬の土用と春の土用の中間くらいの時期だったが、先生によると、旬の食材はその時季の体にふさわしい食べ物が揃っている。体に起こりうる不都合なことを消してくれるような効能がある。特に春の旬の苦みがあるものは、冬場に溜まった体の中の悪いものを、排泄してくれる役目がある。あれだけアクがあって苦い野菜と相殺《そうさい》するとなると、それだけ冬場に溜まっていたものは、よろしくない度が高いということになるのではないか。

「だからあんなに臭かったのか」

私一人で納得していると、後日、先生が春の汗は臭いものなのだと教えてくれた。

「冬場はあまり汗をかかないでしょう。だから汗が出る穴周辺に汚れが溜まるんですね。それが汗が出るようになると、汚れも一緒に流すので、春先に出る汗は臭いんです」

私でもそうなのだから、若い人だったらば、もっと新陳代謝が活発だろうから、ちょっと食事に気をつけたり意識を変えれば、体内の汚れを排出できて、体調不良も軽減できるだろうに、そう簡単に考え方は変えられないようだ。特に若い女性は、生きている体というよりも、お人形になりたいようなのでとても難しい。毛穴のない肌、ぱっちりした目、長くカールしたまつげ、むだ毛のない体、いつまでも細い体など、老化からは絶対に逃れられないのだから、どうやって歳を取っていくのだろう。必死になってお人形を目指していても、生きている体なのだから、どこかは臭いに決まっている。外見をきれいに取り繕ったとしても、体内には外に出られない臭いものが、巡っているのではないかとにらんでいる。

ふきのとうが私に衝撃を与えたので、より食事の重要性を考える毎日になった。私はベジタリアンに近い、ほとんど肉を食べなかった食生活から、先生のアドバイスに従って、毎日、体を温める作用のある鶏肉を食べるようになった。「コラーゲンも必要なので、皮つきで大丈夫」といわれたので、その通りにしていた。ところが最近、

「もしかしたら脂が過剰になるので、皮は取り除いたほうがいいのでは」

と勝手に考えて、皮なしで食べていたら、あっという間に、真冬でもないのに両手が

粉をふいたように、がさがさになってきた。

　理由を話して先生に見せると、

「そんなことしちゃだめ。必要な成分なんだから、ちゃんと皮も食べてくださいね」

　と叱られてしまった。ちなみに先生のアドバイスは、私の現在の体質に対してのものなので、誰にでも当てはまるものではない。

「仕事柄、頭に気が上ってのぼせやすいので、炭水化物は摂りすぎないことですね。でも食べないのは絶対だめですよ」

「ご飯は朝と昼はちゃんと食べるのですが、夜は食べないで野菜を中心にして、納豆か魚を少量摂るようにしています。日中と同じ量のご飯を食べると、朝起きたときに体がちょっと重いです」

「ご飯はおいしいですけどね。でも食べ過ぎは禁物です」

　ご飯好きとしては悲しいところであるが、仕方がない。

　先生は年齢に応じて少しずつ食事の内容を変えたほうがいいという。

「たとえば仕事のときに目を使いますよね。前にも話したと思いますけど、目は血で見るといわれているので、鶏肉だけではなく、血になるという意味では、豚肉も摂り入れたほうが、目の負担が少なくなります」

　私は若い頃はステーキなどもたまに食べたけれど、最近はまったく興味がなくなった。

「豚肉は脂肪の少ないところを、春先だったら、湯がいてふき味噌で和えるとか、挽肉をスープにしたものでもいいです。鶏肉も皮でスープをとって、その後に炒めたりしてもいいですし。なるべく過剰に脂を摂らないような調理法がいいですね」

「分量的にはどうですか」

「豚肉だと百グラムは多すぎるので、八十グラムが限度かな、今のところ。毎日食べる必要はないですけれど」

「それじゃ、鶏肉百グラムが五日で、豚肉八十グラムは週に二日というローテーションがいいでしょうか」

「ええ、そんな感じがいいと思います」

「卵は毎日、食べていいものなんですか」

卵については目の惨劇が起きたとき、「食物性味表」を見て、目の充血によいようなので、それから毎日、食べるようになったのだ。

「うーん、毎日は多過ぎますね。まあ、一日おき程度かな」

先生の言葉に従って、鶏は皮付きに戻し、豚肉を食べる日をつくり、卵は一日おきにした。すると鶏もも肉を皮付きに戻して三日後には、手の粉を吹いたようなかさつきは見事に消え失せて元に戻った。鶏の皮を食べなかったくらいで、こんなに違うとは。どれだけ体内に皮膚をつるつるに保つための成分が、不足していたかがわかって情けなくなった。

栄養に関しては、年々、変わっていく。以前は一日三十品目を食べるように、緑黄色野菜、淡色野菜を合わせて三百〜三百五十グラムは摂るようにといわれていた。ところが最近は摂るのが望ましい野菜の総量は変わらないのだけれど、食品を肉類、魚介類、果物など十品目に分け、一日にそこからひとつでも食べればよしとする方式も出てきた。以前、私の運動量に合わせたカロリー計算をして、許容範囲の糖分の量が、驚愕《きょうがく》するほど少なかった覚えがあるが、それよりはゆるい感じではある。しかしこの十品目のなかに油脂類はあるが糖分のジャンルはなかった。

糖分は人体には必要だが、最近は糖分が老化を早めるという説も出て来たようだ。血液中に糖分が増えると、それがたんぱく質と結びつき、老化の原因になっているらしい。血糖値が上がるのは好ましくなく、その判断としてＧＩ（グリセミック）指数というものがある。私がはじめてＧＩ指数を知ったのは、自然治癒力の研究をしているアンドルー・ワイル博士の著作だったと記憶している。

指数が高いものは体に負担をかけるといわれていて、パン、じゃがいも、白米など、いわゆる精製されたものや炭水化物が多い。ＧＩ値が全体的に低いのは野菜になる。白米よりも玄米のほうがＧＩ値が低くなる。糖尿病の予防として玄米がよいといわれているのも、そのせいなのかもしれない。そのときは、へえと思って読んでいたのだが、その後、日本でもＧＩ値を基にしたダイエットの本が出て、それも読んでみたところ、ＧＩ値の分類が、ワイル博士の本とは正反対になっている食品があった。よりどころとなる値の高低が著者によってまちまちなのでは、信用するのは難しいと判断した。現在は研究が進んで、統一された食品の正しい指数が出ているかもしれない。

スーパーマーケットでも、ＧＩ数値が表示されたビスケットを売っていた。私は以前はそうではなかったが、今は食べる量にもよるが、同じ量の場合、オーガニック系の全粒粉を使った素朴なものは大丈夫だけれど、一般的な精製小麦のビスケットを食べた翌朝は、必ず頭がぼーっとするようになった。この低ＧＩのビスケットは、翌朝、何ともなかった。ビスケットのおかげかもしれないし、量が少なかったので、体調に影響を及ぼさなかったのかもしれない。体感としては一般的なビスケットよりも、さくさくしていて、食べた後も体に詰まる感じはなかった。ただビスケットは毎日食べるものでもないので、一年に何回か食べたくなった場合は、これを選ぼうかという感じだ。

またグルテンフリーが体によいともいわれている。グルテンはパン、パスタ、シリアル、うどんなどに含まれていて、もちもちする素《もと》の物質である。小麦が使われている醤油には含まれ、白米、米粉などには含まれていない。そのグルテンが腸などに影響を及ぼし、アレルギーを持つ人もいて、外国ではグルテンフリーダイエットも流行していると聞いた。

ここでまた、グルテンフリーの手作りクッキーを購入してみた。メープルシロップで甘みがつけられている。これもまた翌日は、体が重くもなくすっきりとしていた。もちもちする素が含まれていないので、さっくりとした感触でとてもおいしかった。私としてはグルテンフリーのほうが、体で感じるすっきり度が高かったけれど、どちらも長期にわたって試したわけではないので、自分の体にどう働くのかはさだかではない。これを食べなきゃだめというわけでもなく、個人的にはつきつめなくてもいいのではという結論になった。

とにかく毎年といっていいほど、新しい栄養学の情報がもたらされる。私はテレビを観ていて、あまりにグルメ情報が乱発されているのを、

「何をやってるんだか」

と呆れていたが。考えてみれば栄養学に関する情報も、同じような状態だ。グルメ情報を細かくチェックしていて、新しい店が紹介されると、すぐに並んでしまう人のように、私も新しい栄養学にはとても興味がある。できる範囲で試してみたくなる。結局、情報に翻弄されているという意味では、根っこは同じで、これは度を越すとよくないと反省している。さまざまなあれやこれやに惑わされず、そこそこにおいしく食事をし、体内の汚れたものがすっと出るような毎日であればそれでよい。でもそれがいちばん難しそうだ。欲張らず、ごく普通に暮らしていければと思う、今日この頃なのであった。

冬から春にかけて、寒暖の差が激しく、

「体がついていかない」

という言葉をそこここで耳にした。私自身もそう感じたし、友だちも、テレビの気象予報士の人もそういっていた。春先から五月の終わりにかけては、これまた気温差が激しく、初夏を通り越して真夏のような日が続いた。そのたびに、

「体がついていかない」

と愚痴をいっていたのだが、考えてみればここ何年か、ずーっと気候に体がついていっていないのである。二〇一四年の夏は今のところ、関東地方は昨年のような猛暑にはならないという予報だけれど、異常気象が当たり前になりつつあると、

「本当か？」

といまひとつ信じられないのだ。

「ちょっと暑い日があると、すぐに冷たいものを食べたり飲んだりするでしょう。そして次の日に気温が下がったりすると、体がやられちゃうんですよね。胃の調子が悪くなったり、風邪をひいたり。今の異常気象では、本当に気をつけないといけないんです」

そう先生はいう。昔は夏といえばかき氷で涼を取っていたものだが、それはクーラーが完備されていない時代の話である。だからかき氷を食べても、それほど人体には影響がなかったのに、ただでさえ冷房で冷やされている体に、冷たい物を入れると、内臓の働きが妨げられるのは当然なのだ。最近はかき氷の人気が高まっていて、一年中食べられる店もあると聞いた。暑くても寒くても同じような物を食べ、それも体を冷やすものばかりが好まれるようになってきたのだ。

まだ寒い季節に、三寒四温の日があると、その四温の日に、冷たい飲み物やアイスクリームなどを食べている人を多く見かけた。近所のスーパーマーケットでも、暑い日が続くと、アイスクリーム売り場がどっと拡大される。当然、子供たちが欲しがって騒いでいるのだが、

「昨日も食べたから、今日はだめ」

と毅然としている親もいるけれど、いわれるがまま、あれこれ買ってやっているのは、じいさん、ばあさんである。それでもばあさんは、

「うーん、ママに聞いて、いいっていったら買ってあげるね」

とうまいことクッションを置いているのだが、じいさんの場合は孫にねだられるまま、何も考えずに買ってやっているようだ。ただしこれは私がこれまで目撃したじいさんだけの話だが。彼らは、

「ん、そうか、どれがいいのか。これか、あれか」

と、孫がケースの中を見やすいように抱きかかえてやり、最後まで迷って決められなかったアイスクリームを、二個、三個と買っている。孫は欲しかった物を全部買ってもらって、とても喜んでいるのだが、つい私は孫が腹を下す図を想像してしまう。

「一時的に孫を喜ばせて、その後苦しめるか、そのとき孫に辛い思いをさせるけれど何事もなく過ごさせるか」

究極の選択を迫られる、周囲の大人は大変だなあと思う。

そういう光景を目撃していると、気温が上がり、また急に気温が下がった日は、具合の悪くなる子供が多いだろうと予想もつく。そして近所の小児科の前を通ったら、半透明のガラス戸から、待合室にものすごい数の親子がいるのが見えて、

「ああ、やっぱり」

とうなずいた。私も小学校に上がる前までは、病院とは縁が切れなかったので、通院しなければならないのがとても嫌だった。私の場合は喉が弱いのが原因だったのだけれど、周囲の人が気をつけていれば子供の体調が悪くならないのだったら、注意するにこしたことはない。親が食べさせてあげられない理由を、きちんと話すのが面倒なので、何でも子供のいう通りにして、後であたふたする事例も多いと聞いた。その場さえうまく収まればいいという考え方なのだろう。目の前においしそうな物がたくさんあれば、それを我慢しろというのも、難しい話ではある。いい歳をした私も自分が痛い目に遭うまでは、これくらいは平気とたかをくくって、甘い物を食べていたのだから、子供に我

慢しろというのは難しいのかもしれない。子供も自分が痛い目に何度も遭ってはじめて、これはだめだと自覚するのだ。

口に入れるものは大切だと考えている私は、神経質すぎるのかしらと考えることもある。私は還暦を迎えるにあたり、所有物を減らし続けている。ワンルームでも暮らせるくらいに荷物を減らしたい。参考にしようと、すっぱりと物を処分して物を持たない生活をしている独身者が書いた文章を読んでみると、自炊をしている人がとても少数だった。「自炊をして、物を持たない」のは両立しにくいらしい。自炊をするとなると、鍋、まな板などの調理道具がいるし、食器も必要になる。それすら所有したくないので、すべてが外食になる。なかにはそんな生活を続けた結果、体調を崩した人がいて、彼は価格的にリーズナブルで、なおかつ添加物などが少ないと思われるメニューを提供している店を探して、食事をしていると書いていた。彼らの生活では自炊よりも所有物の少なさを維持するほうが勝る。それもひとつの生き方で、それだけ物を減らせるのは立派だなあと感心した。

食材など自分の納得したものを食べたいためだけに、三食自炊を続けている私は、そういった彼らの生活を知ると、

「私って気にしすぎ？」

と心配になる。他人様《ひと》が提供してくれたものを、すべて疑ってかかる猜疑心《さいぎしん》の強い人間のようにも思えてくる。一人で食事をするのはまったく平気なのだけれど、ここ何年

かは昼時に外出をしても外食をすることはなく、出かける前に下準備をしておいて、帰宅後に調理して食べている。以前はそんなときは外食もしていたが、食べる量が若い頃より減ったので、外食をして残すのには罪悪感がある。無理をして食べるのはこちらの体に負担がかかるし、それならば食べられる分だけ、自分で作ったほうがいいということになったのだ。しかし外食をすると、和食や薬膳だと問題はないのだが、他の料理だと二日、ひどいときは三日間、体調が戻らないので、このあたりも難しい。今後も人体実験をして検証が必要なようである。

以前、自分の運動量や年齢から割り出した食材の適量を調べたけれど、あれはあまりに細かすぎて続かなかった。なので食材のバリエーションはチェックするけれど、量は「このくらいでいいか」で済ませていた。それでも料理を作り続けていると、緑黄色野菜がなくなっても、淡色野菜は余りがちだったり、魚は日持ちがしないので急いで食べなくてはならなかったりと、日々、買い物のときにあたふたしていた。どうしてこんなふうなのだろうかと、冷静に考えてみると、計画的に物を買っていなかったのがわかった。自炊をする際の無駄をなくすには、計画的な買い物が必要だった。

私はつい自分が使いやすい食材ばかりを使ってしまう。青菜部門ではほうれん草よりも小松菜を使う。アクを取るのが面倒なので、そうなってしまった。なので小松菜がなくなると、あわてて買いに行く。すると今度は小松菜が余り、他の食材が不足する。毎日、これだけの食材を必ず食べなくてはならないという思い込みが、私にあるからだった。考えてみれば、一日くらい緑黄色野菜を食べなくても、どうってことはないのに、それが気になってしまっていたのだ。

ある人が勧めている方法で、これはいいと思ったのが、買うときにバランスよく、買い物をする方法である。私はこれまで買い物に行くと、鶏肉が必要だとか、豚肉もちょっと買おう、玉ねぎが安くなっているなど、目についたものを、分量の配分など考えずに適当に購入していた。一日に食べる量については気になっているのに、全体量に関しては無頓着だった。

その方法は、まずはとにかく食材を使いきり、冷蔵庫を空にしてから買い物に行くことからはじまる。魚、肉に比べて、野菜をそれらの三倍食べるとなったら、購入時に肉類の三倍量を買う。その野菜のうち淡色野菜が三分の一、緑黄色野菜が三分の二であれば、その割合で買う。スーパーマーケットの籠が自分の食べる食材の比率になっているわけである。それをきちんとしておくと、一日何グラムずつという細かい分量を気にしなくても、これらの食材を使いきれば、全体的にバランスが取れるということになる。最近は野菜も少量で売られていたり、量り売りもしてくれたり、卵も一個単位で売ってくれる店もあるので、買いやすくなった。

毎日食べるものを選択し、繰《く》り回していくのは本当に悩ましい。先生に相談すると、

「漢方の原本の勉強会で、今は食の部分について読み解いているのだけど」

と話をしてくれた。その本に、

「両親の干支《えと》と自分の干支の肉は食べるな」

と書いてあったという。

「おおまかにいえば、その肉以外だったら食べてもいいんじゃないかしら」

先生は笑っている。

「あらー、私は馬と牛です。私は牛もふだんは食べないし、馬も今まで馬刺しを一度食べただけですね。子《ね》、寅《とら》、辰《たつ》、巳《み》、申《さる》、戌《いぬ》年だったら、食べる機会が皆無だからいいけど、酉《とり》や丑《うし》の人はちょっと気の毒ですよね。でもどうしてそうなんでしょうか」

「原本には理由はなくて、ただそれだけが書いてあるんですよ」

「自分のルーツを喰ってしまうというか、共喰い状態というか、生物としてやっちゃいけないということなんでしょうかねえ」

「うーん、そうなのかなあ」

それを先生たちはこれから研究していくのだろう。漢方のなかには、迷信のような部分もあるので、なぜ？　というところも多いのだけれど、そんな話ははじめて聞いて、とても興味深かった。

食材の質、旬など関係なく、食べたい物を食べ、その結果、腹痛を起こし、それでも懲りずに何も考えずにその日、その時の食べたい物だけを食べて、体調が悪くなっても何も自分の行為を反省しない人。そういう人がかえってうらやましくなってくる。それで寿命が短くなったとしても、それはそれでいいんじゃないかとも思う。食べ物に関して考えすぎる私は、予防線を張っているので、ひどいことにはならない。しかし私にとっては、世の中には避けたほうがいいものがたくさんありすぎて、自分はとても偏屈な人間なのではないかと感じたりもする。

　何度も書いているが、私は長生きしたいわけではなく、明日、明後日、不快な気分になるのが嫌なのだ。先生には何度も、

「体がニュートラルな状態になると、すぐに症状が出るので、ちょっと大変かもしれません」

　といわれているが、そうなった体にしていただいたのはありがたい。しかし和風の氷菓を一度に四個食べたり、まんじゅうを一度に六個食べたりして、大満足の後の絶不調という、どかーんという食の衝撃とは縁がなくなったなあと、淡々と過ぎる毎日をちょっと寂しく感じたりもするのだった。

最近は「夏バテ」だけではなく、「梅雨バテ」という言葉があるらしい。症状としては頭痛や食欲不振などの体調不良が起きるという。水抜きをしたとはいえ、水が滞る体質の私は、夏場よりも湿気が多い梅雨時のほうが、体調管理に気を遣う。日中、晴天で体が快調でも、夕方から雲が出てきて、絶対に雨が降るのは間違いないという状況になると、いやーな感じになってくる。それでめまいがするとか、明らかな症状は出ないのだけれど、

「何となく、感じ悪い」

という体感があるのだ。

マッサージを受けていると、先生から、

「頭痛はしませんか」

と聞かれた。毎日、雨が降り続いているときだった。

「特にどこも痛くはないです」

「このところ頭痛を訴える人が多くて、薬もたくさんの人に出したんですよ」

「どうして頭が痛くなる人が多くなるんですか」

「気圧の関係でしょうね。脳内が圧迫されて痛むのだと思いますよ」

私の仕事中の頭痛は眼精疲労ではなく、甘い物を食べて胃が冷えたのが原因で、先生にそれを指摘されて漢方薬を服用し、生活態度を改善してからは、まったくそのような症状は出なくなった。

「蒸し暑くなってくると、冷たかったり刺激のある物が欲しくなる人が多いんですよね。いつもいっていますけど、それが落とし穴になってしまうから」

梅雨時には冷たい物、刺激物が欲しくなるのはよくわかる。私は刺激物は苦手なので食べないが、雨が降らない蒸し暑い日が続くと、冷たい甘い物が食べたくなる。そんなときにテレビでアイスクリームのCMを目にすると、

「ううっ」

となる。

「新製品が出たのか……」

と観たCMを何回も脳内で再生して、

「買っちゃおうかな」

と思う。それでもすぐには買わなかった。そのときは半月間、「買っちゃおうかな」を三回我慢した。しかし蒸し暑さにどうしても我慢できず、四回目の、

「買っちゃおうかな」

が出たときに買ってしまった。

以前だったら、アイスクリームは一個だけではなく、平気で一日に二個も三個も食べていたのが、小さなカップ一個の三分の一で十分になった。そして残りを冷凍庫に戻し、三回に分けて食べる。量は少なくても、その日は明らかに体が冷えてくる。体の表面は熱いのに、駄洒落ではなく体の芯がしんしんとしてくる。そこで雨が降ったりすると、「呉茱萸湯」を飲まないと、「大」も「小」も滞り気味になるし、汗が出ても爽快というわけにはいかず、体が、

「うーん、もうちょっと、こう、すかっといきませんかねえ」

と困っている感じになるのだ。

アイスクリームには乳脂肪分や他の添加物があるものも多いので、もっとシンプルなもののほうがいいかもと、濃縮還元ではない、ストレートのぶどうやりんごのジュースを買って大きめの製氷器で固めている。そしてそのうちの一個か二個をフォークで削りながら食べると、果汁百%のシャーベットみたいになる。ジュースで飲むよりも、量が少なくても満足できるし、最近は冷たいものが欲しくなったときは、この方法でのり切っている。

「湿気が多いと、汗をかいているような気がしても、そうじゃないですからねえ。それを勘違いして、水分を摂り続けるでしょう。刺激を感じる炭酸系を好む人も多いし。単純に水分だけではなくて、相当量の糖分が入っている飲み物が多いうえに、クーラーで冷やされる。すべてにおいて発散しにくい体質の人が多くなっているので、体の中に過

剰なものがたまっていくわけです。食べ物も冷えていたり、甘かったり辛かったり、どちらかというと胃腸に負担をかけるものが好まれがちですね。そして温度差が激しく、湿気が多い気候が続いているので、体調が悪くなるのは当たり前なんです」

熱中症の恐ろしさがいわれるようになってから、日中、電車の中や、外を歩いている人々を見ていると、必ずといっていいほど、みんなペットボトルを持っている。純粋な水のみのミネラルウォーターの人は少なく、ラテだのコーヒー飲料といった、ドリンク系を飲んでいる人が多い。味がしない飲み物は、物足りなくなっているのだろう。私は漢方薬局にお世話になる前は、夏場は甘くない飲み物、たとえば白湯などを小さな魔法瓶に入れて持ち歩くことが多かった。しかし水分過剰な体質とわかってからは、飲み物を持ち歩かなくなった。往復一時間かけて徒歩で買い出しに行くときも持っていかない。水抜きをする前はひどく喉が渇いて、飲まずにいられなかった覚えがあるが、体内の水分は少なくなったはずなのに、それからはそんなこともない。朝と昼の食後には、カフェインレスの温かいストレートの紅茶を一杯から一杯半飲んでいる。それでちゃんと「小」も出ているので、水分は不足してはいないようだ。

「湿気は胃腸に影響を与えるので気をつけないとね。それと梅雨時は気分が落ち込む人と、その逆に気が上がるというか、特に男性が多いですが、やたらといらいらする人が増えますね。それも発散不良から起きるのですが。節操なく食べたい物だけを口の中に入れていると、後が大変になりますね。それもたまにはいいでしょうけれど、温かい物を口にして体を冷やさないようにしてほしいです」

胃腸に負担をかけないために、私は梅雨時は意識して、食べる量を少なめにしている。もともと食べ過ぎの傾向があって、自制しないとすべてが多めになってしまうので、食材の量はふだんの八分目くらいにし、ご飯の量も毎回、キッチンスケールで量って百グラムを超えないようにしている。そういう歯止めをつけないと、器に多めに盛ってしまい、もったいないからと完食して、とってもだめな食生活になるからなのだ。

それに冬場はそうではないのに、梅雨時から夏場にかけては、朝食にパンが食べたくなる。ご飯が好きだけれど、パンで軽く済ませたいときもある。先生からは「小麦は体を冷やす」といわれていて、気温が上がるのでそのせいもあるのかもしれない。ふかふかしたパンは苦手で、ハードパンのほうが好きで、昔は中にドライフルーツ、ナッツが入ったものを買っていたが、ドライフルーツの甘みもけっこう強く感じるようになって、最近は苦手になってきた。

食パンも妙に甘いのが多くてこれも困っている。パンは軽く焼いて、無糖の胡麻ペーストをたっぷり塗っていたのが、その胡麻ペーストの油分も気になりはじめた。それでも食べたいときがあるので、近所の無農薬野菜を販売している店に、天然酵母の食パンがあったときのみ購入している。バターやマーガリンは苦手なので、胡麻《ごま》ペーストをうすーく塗ったりもしているが、それでもご飯を食べた後とは、胃の感じが違う。ご飯の場合は、具だくさんといっても、そのときにある野菜と海藻の、汁の少ない味噌汁と、少量の佃煮《つくだに》といった程度の粗食で、パン食の場合は、パンに胡麻ペーストを塗ったものと、半熟卵と炒め野菜といった内容である。植物性であっても油分の量を考え直したほうがいいのかもしれない。

今の年齢での、油分と甘い物の適量を把握するのが、私の問題だ。お助け薬の「呉茱萸湯」や「半夏瀉心湯」はあるけれど、余分な薬はなるべく飲みたくない。食べたいだけ食べて薬を飲んで、そして食べるという、負のエンドレスは避けたい。また体が冷えると睡眠が浅くなる自覚もあるので、梅雨時は早めに寝るようにもしている。幸い、私はベッドに入ったとたん、こてっと寝られ、震度にもよるけれど、地震があっても気付かずに寝ていたりする。寝られないタイプではないが、それでも朝、起きたときに、

「いまひとつ眠り足りないな」

と感じるときがある。湿気が多いときは寝苦しかったりもするけれど、シーツ、掛け布団と枕のカバーを、すべて麻に替えたら、睡眠時の環境が改善した。

綿製品を使っていたときは、シーツや布団カバーが体にまとわりついてきて、ちょっと鬱陶しかったのが、麻に替えたとたん、それがなくなった。うちのネコも麻に替えたとたん、ベッドの上に飛び乗ってきて、ぐるぐると声を出し、シーツの上に体をこすりつけながら喜んでいた。なので梅雨時から夏にかけては、麻のカバーをかけた掛け布団の上が、ネコのベッド化している。ネコは湿気が苦手で、雨降りのときはやたらと寝ているのだけれど、麻に触れていると、湿気が抜けるようで、気持ちがいいようだ。

食生活だけではなく環境も整えて、不快な梅雨時を快適に過ごせるようにと考えてはいるものの、ある規則に従って生活しているようで、私としては不本意な部分もある。すべてにおいて無理をしない、予防線を張った自粛する毎日を送っている。十代の頃、ハードロック好きのロック少女だった私としては、

「喰いたい物を喰って、やりたいことをやってやるぜ」

とパンクな自分になりたいときもある。しかしそうすると、後からひどいしっぺ返しがくるのがわかっている。

西洋医学、東洋医学の関係なく、体調が悪くなったときに、それらの力を借りたとしても、治すのは自分の体力と精神力だと思っているのだが、私の場合は、甘い物は厳禁というわけではなく、たまにはいいですよとお許しが出ている、ゆるい状態だ。私のようなゆるめのお許しではなく、病状によっては長い間の習慣だったものを、

「絶対にだめ」

ときつくいい渡されている人もいる。それを守り続けられる人たちは、本当に立派だと尊敬したくなる。

ある程度の年齢になると、やってはいけないない事柄が出てくる。私よりも歳下ではあるけれど、中年の枠内には入る先生に、

「甘い物を食べたくなるときはないんですか」

と聞いてみた。単純に私との比較だが、女性でもあるし、そんなに甘い物を食べない

で済むのだろうかと不思議になったからだ。

「ありますよ。でも年に二回くらいですね」

「えっ、年に二回？」

私はびっくりした。通い始めた当初、先生から許された、週に一度、食べてもいいまんじゅうの大きさが、山田屋まんじゅう一個といわれたときと同じくらい驚いた。これまで会った人で、甘い物が嫌いという人はいたけれど、彼らはたいてい大酒飲みだった。そんなに飲むのだったら、まだまんじゅう一個を食べたほうが、体にいいんじゃないかと思ったりしたのだが、先生はそうではない。ご飯は好きといっていたから、それで糖分は十分なのだろうか。私は一週間から十日に一度、甘い物を食べたくなる。毎日食べていた頃から比べたら、相当減ってはいるが、とてもじゃないけど、年に二回というわけにはいかない。いつになったらそんな超人の域に達するのだろうか。私はもともと優等生の性格ではないので、まじめな生活を送っていると、だめな奴になりたくなる。

「ちっ、いい子になりやがって」

と黒い私がささやき、パンクな私が頭をもたげる。でもそうなったら、その後に体にダメージが……。悩む日々は続くのである。

二〇〇八年十一月に漢方薬局のお世話になってからずっと、一週間に一度、通い続けている。リンパマッサージも痛くなくなったので、週に一度、雑談をして薬を調剤していただくという感じである。先生から、

「薬は変えたほうがいいですか」

と聞かれた。最初に調剤した薬は当時の体調に対してのものだし、私のほうも毎年、歳を重ねているし、効果が感じられなくなったようであれば、変えたほうがいいのではないかといわれたのだ。

「いえ、特に必要はないと思うんですけど」

日に三回、胃を温める「人参湯」を服用し、甘い物を食べたときは「呉茱萸湯」、食べ過ぎて水分を排出したいときは「半夏瀉心湯」、単純に胃の動きが悪いと感じたら「六君子《りっくんし》湯《とう》」を服用しておく。明日、不快な気分にならないための用心である。暑い日に外出しなくてはならないときの熱中症予防のためや、疲労感があるときは、「牛」（牛の胆石）を飲む。本来は一日三回、二カプセルずつが標準の摂取量なのだが、私の場合は、一日一カプセルでも効果があるので、自分で量を調整している。

ふだんはこのような具合だが、一度だけ「延若禿鶏」という、第二類医薬品の漢方の内服液を飲んだ。いわゆるドリンク剤のようなものである。ふだんのだらっとした格好ではない姿で訪れた私を見て、

「どうしたんですか」

と先生が驚いたので、

「この後、写真撮影を含めた対談の仕事があるんです」

と話したら、

「きっと疲れるから、これを飲んでいったほうがいいですよ」

と緊急用に飲ませてくれたのだった。

「『のぶわかはげどり』って何ですか？」

「『えんじゃくとくけい』ですね。一時、製造されなくなったけれど、復活したようです」

中に入っている、人参、鹿茸、牛黄は知っているが、五味子《ごみし》、肉蓯蓉《にくじゅよう》、菟絲子《としし》、遠志《おんじ》、刺五加《しごか》、といったものを含有。他にも蛇床子《じゃしょうし》、豚胆汁、反鼻《はんぴ》など、字面を見て、

「大丈夫なのか？」

といいたくなるようなものも含まれている。その場で飲んで現場に行き、対談している途中で、体がものすごく温かくなってきた。そして夜には食事会があり、午前中からあれこれ用事があったのにもかかわらず、特に体の疲れは感じなかった。ただしそれ以後は飲んでいない。後で調べたら、蛇の字があったけれど、蛇床子は植物、反鼻はマム

シの皮の干したものだった。

必要以上に甘い物を摂ったり、食べ過ぎたりしなければ、「呉茱萸湯」「半夏瀉心湯」「六君子湯」も飲まずに済んでいる。

「優秀ですねえ」

先生が褒めてくれた。

「そうなんですか」

「ふつうは体調がよくなって、体に負担がかからないようにしていても、どうしても体は老化していくでしょう。何年かごとに体の状態に応じて、少しずつ薬を変えていっているんですが、問題がないのであれば、変える必要はないです」

とはいえ、これは「今」の話であって、年々、老化していくのは当たり前なので、これから何か不具合が起きたら、薬を変えていく必要があるだろう。ただ私の場合は、自分で時間の調整ができる仕事なので、寝たいときに寝て、起きたい時間に起きるのが可能なのはとても恵まれている。いつもより疲れたと感じたら昼寝もできるし、ネコと一緒に夜十時前に寝てしまえるのも、体調が維持できている理由かもしれない。しかし本当に疲れやすく、ふんばりがきかなくなったのは感じる。でもそれならそれなりに、仕事さえやっていれば、だらだらと過ごしていてもいいかなと考えている。とにかく、

「無理をしない」

それだけで生きているといった感じなのである。

先生は体調が悪くなったとしても、きちんと食べるべきものを食べてきた人は、そうでない人と比べて、全然違うという。

「本当に食べ物で体を維持していることを、もっと真剣に考えてほしいです」

たまにジャンクフードを楽しむのならいいけれど、それが日常になりつつあるのが問題なのだ。

「ご飯だって昔みたいに薪で炊いているわけじゃなくて、炊飯器がやってくれるわけでしょう。お米をとぐのも面倒くさかったら、無洗米だってあるわけだし。お腹がすいたら、油脂や添加物が多い食品よりも、塩化ナトリウムではない、ちゃんとした塩を使った、塩むすびだけでもいいのに。売られているご飯ものには油脂が含まれているものが多いですからね。そういう点もちゃんと食品表示を見て、認識してほしいんですよね」

私の知り合いでも、家計が大変だから、削るのは食費しかないといっている主婦もいる。一丁八十円の豆腐を買うために、車で走り回るという。夫婦だけなら何を食べてもいいけれど、これから成長する幼い子供がいるのに、それでいいのかなと私は首を傾げる。そんなに生活が大変なのかと見ていると、会うたびに違う服や靴を身につけているし、子供がいるからか、毎週、遊園地やアウトレットモールに行き、値段は安くなっているとはいえ、ブランド品を買ったりしている。持っている携帯も最新機種だ。私は内心、

（生活が大変っていってるけど、そうじゃないじゃない）

と思っているが、口に出してはいわない。それで彼女の子育てのストレスが発散できているのかもしれないし、家族にとっても必要な時間なのかもしれない。しかしそれによって、食費を削るというのは、どこか違う気がする。

私も会社に勤めながら書く仕事をしているとき、朝は自分で作っていたが、昼は会社で店屋物、夜はご飯は炊いておいたけれど、帰りがけにスーパーでお惣菜を買っていた。夜から夜中にかけて仕事をしなくてはならなかったので、二十代後半でも、会社から帰って一からおかずを作る元気は出なかった。二十四歳で一人暮らしをはじめてからは、ずっと自炊を続けていたので、このときは自分でも、

「この食生活はまずいな」

と感じていた。そしてどうしても体力的、時間的に無理になってきたので、会社はやめた。それからは自由に時間が使えるようになったので、それ以来、三十数年以上、ささやかな自炊生活は続いている。

先生は新しい患者さんが来ると、まず口に入れるものの大切さを話して、食生活の指導をする。

「情けなくなるくらい、食は崩壊していますからね。現実は想像を超えています。毎日の積み重ねなので、薬を飲まなくても、ちょっと気をつけるだけで、体調が改善する場合が多いのに」

先生はここのところずっと、漢方の勉強会で、「自分と両親の干支の肉は食べてはい

けない」と書いてあった、例の本を学んでいる。

「他にもね、鶏肉と魚を一緒に食べてはいけないとか、鶏肉を食べてはいけない年があるとか、他の食べ合わせについてもいろいろと書いてあるんですよ」

先生の話を聞いていると、その本に書いてあることを守ると、何も食べるものがなくなってしまうのではと思う。昔、その本を学んでいたのは医者レベルの人たちのみで、体調の悪い人を問診し、暦などと照らし合わせて、患者が鶏肉を食べているとわかったら、

「今年は鶏肉を食べてはいけない年なので、食べるのはやめなさい」

などと指導していたのだろう。しかし先生がいちばん困っていたのは、なぜ干支の肉を食べてはいけないか、鶏肉と魚を一緒に食べてはいけないのか等々の理由が一切書かれていないという点だった。

「それらを守った結果、体調がどうなったかということも書いてない。ただそこに書いてある文章を読んで、そうなんですかっていうだけで、私もそうなる理由がわからないから、現実的に食事の指導に使うのは、ちょっと難しいですね」

昔は病気になると拝んで済ませていたような時代もあったから、どういった根拠かわからないけれど、そのように書かれた書物が、残っているということは、効果があった人がいたのだろう。しかし根拠がはっきりしなければ、こちらも「ふーん」と単なる話のネタとして済ませるしかないのだ。

私は代々の家訓に従い、食べる物はいちばん大切と考えて食材も選んできたので、外食をしなくても食費は高額になっていた。節約上手な主婦が、食費の低さを自慢しているけれど、食材にまで手が回らなければ、調味料だけでもきちんと作られた物を使うとか、やり方はいろいろとあるはずなのだ。とはいえ添加物が少ない一個三百八十円の氷菓を一日に四個も食べて、体調を崩した私のような人間もいるので、質とともに食べ方の問題でもあるのだが。

食費や食事の内容については、人それぞれの考え方や家庭の事情もあるので、安いものを買わないほうがいいとはいえない。健康に気をつけても病気になる人もいるし、何を食べても平気で長生きする人もいる。油脂や保存料、甘味料が過度に添加されている、スナック菓子やら菓子パンを、毎日、口にしている人がいても、それはその人が好きでやっていることだし、体調が悪くなったとしても、自分も含めて自業自得と私は思っていた。しかし先生は、目先の流行や情報に惑わされず、日本人が食べるべき基本の食事とはどういうものかを、誰かがきちんといい続けるべきだという。

「家族のなかで体調が悪い人がいると、どうしても心配になるし、家の中が暗くなりがちですよね。たとえば社会をひとつの家族とすると、精神的な疾患をかかえていたり、ストレスや体の不調を訴える人の割合が多くなってくるのは、家族としてはとても明るい状況とはいえない。不調を感じていないという人に対しても、知らず知らずのうちに、影響を与えていると思うんです。だから少しでも体調が悪い人が少なくなってほしいし、治ってほしい。みんなに自分の体を大事にしてほしいんです」

こういった考え方だからこそ、先生は日本の漢方で世の中の役に立とうと考えたのだ。よりよい食生活のための指導をしている人や、西洋医学の医者にも、同じような気持ちの人がたくさんいると思う。

私は食事に気をつけているとはいえ、鉄のような固い意志で、自らを律しているわけではない。ついこの間も、猛暑の日にコンビニに振込票を持って支払いにいったところ、レジ前に列ができていた。末尾で待っていると、ちょうどそこに、アイスクリームなどが入っている、水槽みたいなオープンタイプの冷凍庫が設置してあった。ふと見るとガリガリくんが、目も鼻の穴も全開で、

「ほーれ、冷たいぞ〜、おいしいぞ〜」

と私を誘惑してきた。見てはいけないと何度も目をそむけたものの、心とは裏腹に目はガリガリくんに釘付けだ。結局、ソーダ味は売り切れていたので、グレープフルーツ味と梨味を一本ずつ買い、猛暑のなか家に帰って、一気に二本食いした。一時的に体がほっとした。今日はこれでいいんだと納得した。たまにはこれくらいしないと息が詰まる。その後、体調にも変化がなく、無事に過ぎている。還暦を過ぎると、予想もしなかった問題も起きてくるはずだ。が、これからもこのような感じで、基本は押さえつつ、ゆるく生きていければいいなと思っている。

本書で紹介されている漢方薬局につきましては、
所在地、連絡先などのご紹介はできませんのでご了承ください。
本書は「一冊の本」2012年4月号から、2014年9月号まで連載されたものを、
単行本化にあたって加筆、修正したものです。

**群ようこ（むれ・ようこ）**

1954年東京都生まれ。日本大学芸術学部卒。本の雑誌社入社後、84年『午前零時の玄米パン』でデビュー。著書に『あなたみたいな明治の女』『ひとりの女』『ぬるい生活』『おやじネコは縞模様』『作家ソノミの甘くない生活』『働かないの れんげ荘物語』『寄る年波には平泳ぎ』『おとこのるつぼ』『福も来た パンとスープとネコ日和』など多数。

**ゆるい生活**

2015年1月30日 第1刷発行
2015年2月20日 第2刷発行

著者 群ようこ
発行者 首藤由之
発行所 朝日新聞出版
〒104-8011 東京都中央区築地5-3-2
電話 03-5541-8832（編集）
03-5540-7793（販売）
デザイン 祖父江慎＋福島よし恵（cozfish）
印刷会社 凸版印刷株式会社



ISBN978-4-02-251249-9
定価はカバーに表示してあります。
落丁・乱丁の場合は弊社業務部（電話03-5540-7800）へご連絡ください。
送料弊社負担にてお取り替えいたします。